ESPRIT

DE

MM. DE CHATEAUBRIAND,

BONALD, LA MENNAIS, FIÉVÉE, SALABERRY,

LA BOURDONNAYE, CASTELBAJAC,

D'HERBOUVILLE, O'MAHONI, MARTAINVILLE,

JOUFFROI, SARRAN, ETC., ETC.;

OU

EXTRAIT

DE LEURS OUVRAGES POLITIQUES ET PÉRIODIQUES, DEPUIS
LA RESTAURATION JUSQU'A CE JOUR.

Le bon droit est pour vous, et le talent vous reste.

PARIS,

ADRIEN EGRON, IMPRIMEUR

DE S. A. R. MONSEIGNEUR, DUC D'ANGOULÊME.

OCTOBRE.—1819.

ESPRIT

DE

MM. DE CHATEAUBRIAND,

BONALD, LA MENNAIS, FIÉVÉE, SALABERRY,

LA BOURDONNAYE, CASTELBAJAC,

D'HERBOUVILLE, O'MAHONI, MARTAINVILLE,

JOUFFROI, SARRAN, ETC., ETC.

Cet ouvrage se trouve aussi :

AVIS DE L'EDITEUR.

LES questions qui importent le plus au bonheur de la France et de l'Europe sont traitées, avec autant de franchise que de talent, chaque jour, chaque semaine, chaque mois, dans les journaux royalistes *. Maniant tour à tour et avec un succès égal, l'arme légère du ridicule, ou la puissante massue de la raison, les écrivains monarchiques, seuls amis de leur pays, pulvérisent le dangereux système suivi par un ministère aveuglé, et les doctrines abominables proclamées par ces esclaves de la révolution qui se disent indépendans.

Mais il n'est donné qu'à un petit nombre d'hommes comblés des dons de la fortune, ou jouissant d'un honorable repos, de pouvoir parcourir toutes ces feuilles étincelantes de génie, de patriotisme et de raison.

* Le *Conservateur*, le *Journal des Débats*, la *Quotidienne*, le *Drapeau Blanc*, la *Gazette de France*, l'*Observateur royaliste*, la *Bibliothèque royaliste*, sans compter les journaux royalistes publiés dans les départemens.

Nous avons donc pensé qu'il serait utile de resserrer dans un seul volume, de classer et de diviser en une centaine de chapitres environ, ce qui, depuis la restauration jusqu'à ce jour, a été publié de plus intéressant sur les matières politiques. Nous offrons ici, pour ainsi dire, un abrégé des doctrines monarchiques à cette classe estimable et nombreuse de la France, qui ne veut que son Dieu et son Roi, et que fatiguent, sans la séduire ni la décourager, les déclamations furibondes des Jacobins masqués ou démasqués.

On sent que pour rendre cet ouvrage moins volumineux, et le mettre davantage à la portée de tout le monde, nous avons dû choisir, dans le bon, le meilleur, et, dans le meilleur même, l'excellent : car, nous avons le droit de le dire, nous n'avons éprouvé dans notre choix que l'embarras des richesses. Logique, gaîté, profondeur, finesse, charme du style et de la pensée, tout se trouve réuni dans les écrits que nous avons analysés.

Honneur et gloire aux grands hommes dont les noms figurent à la tête de cet ouvrage ! Honneur à ces écrivains généreux qui luttent courageusement pour sauver la monarchie, qui supportent avec une héroïque résignation les amertumes et les humiliations dont on les abreuve chaque jour, et qui sont semblables à un intrépide chirurgien qui, au milieu des horreurs d'un champ de bataille, arrache, par une amputation cruelle mais nécessaire, le malade déjà dévoré par la gangrène, à une mort inévitable !

La cause que ces nobles athlètes défendent n'est pas seulement celle des bons Français contre les mauvais, c'est la cause des honnêtes gens de toute l'Europe contre les révolutionnaires avides de désordres, de rapines et de carnage ; c'est la cause de la religion contre l'impiété, de la morale et de l'honneur contre la licence et la bassesse.

Puissent leurs efforts être couronnés par le succès ! Puisse le Dieu de saint Louis et de Louis XVI protéger et sauver la France ! Puisse la Providence divine ramener la paix et le bonheur parmi nous !

Pour réduire ainsi ces questions qui en auraient fourni un grand nombre de volumes, j'ai dû quelquefois retrancher beaucoup et ajouter quelques phrases pour lier les idées. Souvent même il a paru convenable de réunir les pensées de plusieurs auteurs sur le même sujet : voilà le motif qui m'a déterminé à ne pas mettre au bas de chaque article le nom des écrivains distingués dont j'ai réuni comme en un faisceau les aperçus si profonds, les raisonnemens si victorieux et les sentimens si généreux. Ils ont tous d'ailleurs un cachet particulier qui les décélera bientôt aux lecteurs exercés.

ESPRIT

DE

MM. DE CHATEAUBRIAND,

BONALD, ETC., ETC.

OCTOBRE. — 1819.

ESPRIT

DE

MM. DE CHATEAUBRIAND,

BONALD, ETC., ETC.

OCTOBRE. — 1819.

TABLE

DES CHAPITRES.

FIN DE LA TABLE DES CHAPITRES.

ESPRIT

ESPRIT

DE

MM. DE CHATEAUBRIAND, DE BONALD, LA BOURDONNAYE, DE SALABERRY, LA MENNAIS, FIÉVÉE, ETC., ETC., ETC.

CHAPITRE PREMIER.

Du Gouvernement français depuis cinq ans.

LA révolution était finie, le cercle était parcouru, la France avait regagné, à travers une mer de sang, le rivage loin duquel des brigands l'avaient entraînée.

Un Prince reparaît armé du sceptre de Saint-Louis! Ses lumières, son expérience, ses infirmités, tout présageait le règne de la sagesse et le siècle de la paix : hélas! nous ne fîmes qu'entrevoir l'âge d'or! Le génie du mal ne tarda pas à reprendre espoir et courage; il eut pour alliés, pour agens, les hommes pervers qui haïssent la légitimité.

La bouche du Monarque avait prononcé ces paroles mémorables : *Je viens récompenser les bons et punir les méchans.* Nous avons vu, et nous voyons tous les jours, comment les bons sont récompensés et les méchans punis.

Où sont les sujets fidèles qui ont répondu à l'appel de leur Roi fugitif et malheureux? Repoussés, persécutés, abreuvés de dégoûts et d'injustice. Où sont les parjures qui se rallièrent à la bannière de l'usurpateur, qui accablèrent d'outrages le Roi, sa famille, ses serviteurs? Levez les yeux, contemplez-les au faîte des grandeurs ; voyez les places prodiguées à ceux qui ont fait preuve de haine pour la légitimité.

Avant d'admettre un fonctionnaire, le ministère du Roi semble lui demander : Qu'as-tu fait contre le Roi? La plupart de ceux qui ont obtenu des places n'ont pas été embarrassés pour répondre à cette question.

En vérité, j'appellerais de tels ministres du Roi de France, les plus imprudens, les plus aveugles, les plus ineptes de tous les hommes, si je ne craignais d'être accusé de les flatter.

CHAPITRE II.

Sur le même sujet

N'est-ce pas une honte que de voir renverser la monarchie par ceux qui sont chargés de l'affermir? Quelle différence peut-on faire de l'époque de la révolution à l'époque actuelle?

La manière dont on blesse les royalistes est l'ouvrage du ministère, qui se précipite en aveugle dans les bras de ceux qui veulent le perdre. Il est temps de déchirer le voile, et de faire connaître enfin toute la vérité.

Depuis la seconde rentrée du Roi, les hommes monarchiques sont en butte à la haine des factieux qui ne peuvent supporter la royauté et la légitimité, et qui sont soutenus par un ministère formé d'hommes élevés à l'école de Buonaparte.

Si les ministres avaient le talent d'écarter les mots pour arriver aux pensées, ils reculeraient d'effroi devant le piége tendu à leurs passions. N'est-il pas bizarre que, dans une monarchie, on écarte les hommes monarchiques?

Ministres, perdez un peu de cette confiance qu'on pouvait avoir à cette époque où la France enthousiaste marchait à la liberté sans connaître les sentiers qu'elle avait à parcourir. Nous avons acquis de l'expérience, et nous l'avons achetée assez cher pour 'qu'elle nous profite.

Quel tableau curieux que celui du ministère, s'il périt par ses fautes et par ses œuvres ; si tous ses efforts contre la légitimité sont inutiles ! En vain l'opinion ministérielle cherche-t-elle à s'établir, elle trouve répulsion partout, elle n'inspire nulle confiance.

Il y a quelque chose de plus qu'humain dans le sentiment qui fait battre le cœur d'un Français pour son roi. Le jour où il voudra dire un mot, ou seulement souffler sur les hommes qui le trahissent, ils disparaîtront, et il ne restera rien ni de leur pouvoir, ni de leurs fausses doctrines.

Le même jour, où certains ministres seraient replongés dans la nullité, verrait aussi rentrer dans la fange une poignée de démagogues qui n'en sont sortis que par les fautes du ministère. C'est toujours au ministère qu'ils s'adressent, c'est toujours en lui qu'ils mettent leur confiance. Pauvres ministres ! quelle idée avez-vous donc donnée de vous ?

Jamais nous n'avons craint pour nous, mais seulement pour la monarchie. L'exemple du passé n'est pas propre à nous rassurer, et l'incapacité ministérielle est assez riche pour faire redouter des événemens équivalens.

Royalistes de toutes les classes, reprenez courage ; il faudra que l'on revienne à vous, ou que la monarchie périsse. Vous avez lassé le temps et les bourreaux, vous triompherez de l'injustice et de la calomnie.

CHAPITRE III.

Sur le même sujet.

Que les ministres d'un roi qui a bu à longs traits dans la coupe de l'adversité, allient ensemble des illusions et des leçons dont la France frémit encore, ou que sans avoir rien fait pour arrêter le mal, ils se croisent les bras, et semblent dire au torrent : roule et emporte-nous dans ton cours, c'est ce qui ne peut se comprendre. Semblables à ce nautonnier en démence, qui, après avoir rejeté son lest et son ancre, se laissait emmener dans la haute mer à l'approche d'un gros temps. Cette conduite passe toute croyance, elle confond toutes les idées reçues, elle achève de troubler la conscience des peuples.

Le propre des grands ministres, comme des grands rois, c'est de forcer les factieux de mourir paisibles dans leur lit ; si Mayenne finit avec tant de calme et de douceur des jours si agités, il le dut à Henri IV.

On ne remarque jamais assez combien est digne d'admiration et de reconnaissance la marche d'un bon gouvernement après des troubles civils. Mais aussi qu'il est grand le danger quand on met à la tête des affaires des gens qui ont l'habileté du mal et le génie du désordre! De tels malheureux ne cessent de crier contre les royalistes; et pendant ce temps, ils creusent une mine sous la monarchie, la chargent, et, la mèche à la main, ils diront un jour au gouvernement : livrez-nous la France, ou nous allons la faire sauter.

Déjà toute constitution représentative pousse à la démocratie, et par conséquent aux révolutions, puisqu'elle admet la démocratie comme élément nécessaire du pouvoir. C'est un ver placé au cœur de l'arbre.

CHAPITRE IV.

Sur le même sujet.

Tout le monde se rappelle la joie qu'occasionèrent les deux rentrées du Roi. Le petit nombre des factieux se taisait et se repentait, ils étaient bien éloignés de croire qu'un système les rappellerait bientôt aux récompenses presque exclusives. Il appartenait au système ministériel de manœuvrer avec tant d'ineptie ou de perfidie, que le sort de la monarchie menace de devenir une question, et d'être audacieusement mis en problème.

Le ministère n'a pas cessé de donner des garanties aux ennemis de la légitimité. Il a fait plus, il leur a prouvé dans toutes les occasions, qu'il voulait être agréable à leurs yeux.

L'Europe entière connaît les doctrines, les vociféra-
tions, les calomnies que le ministère approuve, auto-
rise, soudoie. Son système ne trompe plus personne,
il n'est pas constitutionnel, il est révolutionnaire; il
veut bien composer avec la monarchie, pourvu qu'elle
se soumette à laisser régner sous son nom les révolutionnaires.

Le ministère a continuellement employé le sophisme,
la flatterie, le mensonge, la perfidie, l'absurdité même,
pour prouver au roi qu'il ne devait pas régner selon
ses devoirs, ses droits et sa justice.

Non, le règne des imposteurs ne peut pas durer plus
long-temps. Ils ont dévoilé leurs intentions; ils ont
montré à nu toute leur perfidie. Lequel durera plus
de jours à présent du système ministériel ou de la monarchie ? Voilà la question.

Je demande si les jacobins lèveraient la tête, sans le
ministère qui les protége, sans l'appui qu'il leur accorde, sans l'impunité dont il les couvre ? Le nombre
de ses apôtres, de ses disciples, de ses satellites s'ac-
croîtrait-il tous les jours ? Le recrutement ne s'en fait-
il pas à école ouverte ? La douleur publique s'alarme
d'un tel scandale; c'est aux amis de la monarchie à signaler le danger et à s'y préparer.

Il n'y a rien là qui doive étonner, la marche du ministère est naturelle. Elle n'est que la conséquence des
principes qu'il a exposés. Quand toutes les administrations seront changées, c'est-à-dire qu'il n'y aura plus
que des révolutionnaires dans le pouvoir, on verra ce
qui adviendra.

Tous les gens de bien frémissent des dangers qui menacent la monarchie légitime, qu'on voit mourir debout, qu'on voit mourir toute vivante.

CHAPITRE V.

Sur le même sujet.

Il est facile de prévoir quel sera le dernier terme des concessions que le ministère du Roi exigera de la royauté en faveur de la révolution.

Les hommes monarchiques n'abandonneront pas la royauté, c'est un devoir; ils mourront sans hésiter pour sa défense, si on l'attaque violemment; ils opposeront la force à la force, les principes aux fausses doctrines. Mais déjà le cœur saigne, la honte couvre le visage, de voir la royauté s'abandonner elle-même, tourner contre son existence tous les moyens qui lui ont été donnés pour se conserver.

Le ministère, plus ignorant que perfide, ne prévoit pas lui-même tous les événemens que ses passions et son incapacité appellent sur notre malheureuse patrie. Les phrases des doctrinaires ne peuvent pas amener toute la révolution; toute la révolution ne peut pas recommencer dans un pays qui en connaît la dernière conséquence; et, si la royauté se trahit elle-même, on verra la France, malgré elle, arriver en

quelques semaines au même but où elle s'était arrê-
tée, après quinze années de tentatives folles et sanglantes.

Un ministre a sans doute plus d'espoir que les autres;
mais ce ministre imprudent n'a pas réfléchi que, dans
le tumulte des événemens révolutionnaires, le pouvoir ne reste jamais à ceux qui ont ébranlé la société.
Les maux politiques, sans remède, sont toujours
causés par ces hommes qui se jettent dans la vie publique pour satisfaire des intérêts privés; et qui, ministériels depuis Robespierre jusqu'à nos jours, votent
la mort d'un roi et la honte de leur patrie par complaisance ou par cupidité.

CHAPITRE V.I.

De quelle manière un Etat peut guérir.

La nature n'admettant point les contraires, il faut
qu'un Etat cesse d'être, ou qu'il subsiste par ses élémens naturels.

Il s'agit d'examiner comment un empire, vacillant
et touchant au désordre, pourrait se calmer dans la
tempête, rebrousser chemin, et ressaisir l'état fixe
qui lui convient : c'est-à-dire s'il s'agit d'un grand
peuple, une monarchie forte, mais tempérée.

A dire vrai, le moyen est rare ; il est peut-être un ;
mais, en revanche, il est infaillible. Faudra-t-il recourir aux miracles ? créer une mythologie politique ?
Rien de tout cela ; nous ne demandons qu'une chose :
un seul homme.

Un seul homme fait tout : l'histoire l'atteste ; et c'est
la vérité la plus consolante qu'il y ait sur la terre.

Après la Jacquerie, dans un pays déchiré par la discorde civile, la révolte populaire et la guerre étrangère,
Charles V saisit le sceptre ; et, après seize ans, il laissa
son royaume plein de paix, de gloire et de prospérité.
Après la ligue, règne Henri IV ; et, en seize ans aussi,
la misère se change en opulence, et l'esclave devient
l'arbitre de l'Europe. Après la régence de Marie de
Médicis, on trouve un roi jeune et faible, des finances
épuisées, des grands inquiets : ôtez le cardinal de Richelieu, que de désordres vont frapper la France ! Il
gouverne, et l'Etat s'affermit sur de solides bases.
Enfin, après la Fronde, sous le faible et tortueux Ma-
zarin, les princes du sang, les parlemens, les grands,
les femmes, tout était maître, excepté le maître lui-
même. Un roi enfant monte sur le trône ; quelle chance
pour les factions ! Mais ce roi est Louis XIV : tout s'a-
paise, et ce beau règne ouvre sa carrière.

Répétons-le donc, un seul homme fait tout ; et toutes
les fois que les maux de la patrie n'ont pu guérir, que
ses tortures se sont prolongées, qui y a-t-on regretté ?
Un seul homme.

Supposons que Dieu nous l'ait montré cet homme,
nous lui demanderons un esprit juste, une conscience

droite et une volonté ferme. Est-ce tout? dira-t-on. Et les talens, l'expérience administrative? Le Ciel accorde rarement toutes choses ensemble; et, dans les temps difficiles, il faut s'attacher aux grands traits que la nature donne et grave à demeure.

Cet homme, chargé de sauver l'empire, commencera par sortir de la route usée de la faiblesse : la débonnaireté ressemble à la sottise. Il établira ensuite l'union et l'oubli entre deux hommes, dont l'un se repente et l'autre pardonne. Mais si, entre deux hommes, dont l'un saigne encore des blessures qu'il a reçues, et l'autre se glorifie de les avoir faites, un troisième s'avance et leur dit : « Oubliez et unissez-vous; » le premier se repliera dans sa douleur, et le second s'exaltera dans son crime. L'un se croira victime, l'autre se jugera vainqueur; et les voilà plus désunis que jamais. Qu'il en serait autrement, si ce tiers, se présentant à l'un comme un consolateur, à l'autre comme un juge, eût dit au premier : Pardonnez; au second réparez! L'accord se fût fait, et, un an après, on eût pu les traiter en frères.

Porté sur de telles bases, l'homme d'Etat marchera lentement, mais d'un pas invariable. Avant tout, il réglera les affaires de la religion; car c'est la semence des semences.

Dans cet article, entre tout naturellement ce passage de Massillon : « Telle est la destinée des rois et des « princes, d'être établis pour la perte comme pour le « salut du reste des hommes; et quand le Ciel les « donne au monde, on peut dire que ce sont des bien-

« faits ou des châtimens publics que sa miséricorde
« ou sa justice prépare aux peuples. »

CHAPITRE VII.

De la perfidie.

———

Le perfide qui trompe son prince, est aussi criminel
que celui qui le détrône. Il n'y a pas loin de la dissimulation de l'ambitieux à celle du rebelle.

Pour reconnaître quelle est la volonté personnelle
du Roi, et combien elle est en opposition avec le système ministériel, il suffit de se reporter à la dernière
séance royale, et on se rappellera cette phrase si consolante pour les amis de la monarchie, cette phrase qui
fit pâlir d'effroi ceux que les ministres comptent au
nombre de leurs plus indispensables partisans.

« Je compte, a dit le Roi, sur votre concours pour
« repousser les principes pernicieux qui, sous le mas-
« que de la liberté, attaquent l'ordre social, et con-
« duisent par l'anarchie au pouvoir absolu, et dont les
« *funestes succès* ont coûté au monde tant de sang et
« de larmes. »

Voilà la volonté royale positivement connue. Les
ministres contre-signeraient-ils une ordonnance dont
le préambule contiendrait l'expression de ces senti-

mens ? Hélas ! je le souhaite, mais la vérité est que je ne le crois pas.

Je suppose que le ministère combine une insurrection, et que le jour de danger apparaisse de nouveau, bien certainement le Roi chercherait autour de lui ses amis. Il en trouverait de fidèles, toujours prêts à mourir pour le défendre ; mais malheureux prince ! il ne voit pas qu'ils seraient sans force, sans autorité, sans commandement, contre les hommes qui, au nom de l'égalité, veulent rester sans égaux ; qui, au nom de l'indépendance, veulent s'emparer de tous les pouvoirs. La résistance ferait d'illustres victimes ; mais bientôt la famille régnante serait à la disposition des factieux.

A entendre ces factieux tolérés par le bon ministère, il faut planter l'étendard de la royauté sur la révolution, qui n'a eu lieu que parce que les royalistes ont toujours eu l'imprudence de porter secours à la royauté. Cela est poussé si loin, qu'on dira bientôt que le 10 août 1792, on n'a égorgé au château des Tuileries que parce qu'on n'avait pas ouvert de suite les portes à ceux qui venaient détrôner Louis XVI ; et que ce prince n'a été condamné que parce que MM. de Malesherbes, de Seze et Tronchet l'ont défendu.

Il est vrai que le trop bon Louis XVI aussi se livra à de perfides conseillers qui l'entraînèrent, lui, sa famille et l'Etat dans une ruine commune.

CHAPITRE VIII.

Sur le même sujet.

Soyons justes pourtant, il se pourrait qu'on feignît la république pour arriver à la monarchie. A la monarchie! Eh, quoi! Ne l'avons-nous pas?... Agens à courte mémoire, vous avez donc oublié aussi cette discussion où le débat n'était ouvert que sur le choix du souverain, où l'on offrait la couronne de Saint-Louis à tout le monde, le seul roi de France excepté.

Chaque jour les hommes de la révolution font un pas de plus : on vous crie, et vous demeurez sourds à nos cris; et quelque jour la postérité ne voudra pas croire que la même catastrophe soit arrivée deux fois dans le même pays.

Exagération, esprit de parti, chimères, vaines alarmes! diront ceux qui ont peur de la lumière, ou qui regardent avec plaisir agoniser la monarchie.

C'est surtout contre les droits de l'héritier du trône que conspirent les factieux. Forts de la faiblesse qu'on leur montre, ou pour mieux dire de l'esprit qu'on leur prête, c'est contre *Monsieur* que se dirige leur criminelle activité; ils prétendent lui disputer le trône ou ne l'y laisser monter qu'à des conditions humiliantes, qui, s'il les acceptait, seraient l'équivalent de l'abdication d'un droit légitime et héréditaire.

Sous quels auspices ce prince infortuné ceindrait-il le diadême? Une chambre des pairs, aux deux-tiers composée des rebelles triomphans de 1815; une chambre de députés qui, alors, sera remplie d'anarchistes; enfin, le petit nombre de serviteurs fidèles qui s'attachent à sa fortune, condamnés à l'échafaud, ou du moins à toutes les horreurs de l'exil et de la pauvreté.

Il n'est pas dans le caractère des jacobins de s'arrêter dans le succès, leur âme est un foyer de volcan : l'homme assez imprudent pour s'être endormi sur leur sein, sera réveillé infailliblement par la plus terrible explosion.

Le ministère français, en rappelant aux honneurs et à l'exercice du pouvoir, les auteurs et fauteurs d'une trahison dont le roi lui-même a déclaré que *les annales du monde n'offraient point d'exemple*, a compromis la dignité de la couronne, les intérêts du peuple et le repos de l'Europe.

CHAPITRE IX.

Sur l'état intérieur de la France.

LORSQUE Buonaparte eut disparu, il resta, de sa tyrannie, des institutions fortes et un peuple obéissant. Avec ces deux élémens on pouvait tout créer.

Les Bourbons arrivent et paraissent des libérateurs. Quelques grands criminels les virent arriver avec remords ; tous les vrais Français les reçurent comme l'espérance.

Le Roi était maître de donner à la France tel gouvernement qu'il eût voulu ; mais à peine fut-il remonté sur son trône, qu'il délégua l'administration de son pouvoir. Ceux qui s'en trouvèrent chargés firent des fautes de tous les genres.

On aurait dû licencier l'armée : si l'on eût pris ce parti, Buonaparte n'aurait pas fait vingt lieues en France, après son débarquement à Cannes. Conserver la presque totalité des administrateurs impériaux, ce fut une autre erreur capitale.

Après le 20 mars, toutes les fautes étaient connues, tous les masques tombés : on ne savait que faire et qui choisir. Le bon sens prescrivait de ne pas confier les hautes places à ceux qui venaient de donner des preuves récentes de leur infidélité.

La Chambre de 1815 fut convoquée. Jamais la Providence n'avait tant fait pour le salut d'un royaume. Après 30 années de malheurs, paraissait enfin une assemblée qui voulait mettre la religion dans la morale, la morale dans les lois, la force dans le trône, la liberté chez le peuple, la justice partout.

Les ministres pouvaient conduire une telle assemblée avec un fil, la faire marcher avec un mot; ils aimèrent mieux la combattre; de pitoyables raisons d'amour-propre causèrent ce malheur : les intérêts de la vanité furent préférés à ceux de la patrie. Le résultat fut la dissolution de la chambre.

Alors un grand scandale fut donné; des commissaires partirent pour les départemens. Les candidats exclus étaient d'excellens royalistes. Partout on voyait voter les hommes qui avaient proscrit les Bourbons pendant les Cent-jours; qui avaient, pendant 20 ans, fait fusiller les serviteurs du Roi : les individus mis en surveillance, en raison de leur conduite après le 20 mars, furent relâchés, afin qu'ils pussent voter; on vit accourir jusqu'à un homme accusé d'avoir été juré dans le procès de la reine. Voilà ce qu'on a présenté à l'Europe comme des élections libres. Je ne dis pas tout.

On rappela les hommes des Cent-jours, et l'on chassa les royalistes. Quiconque avait fait quelques remontrances fut destitué; et la chose en est venue au point, que lorsqu'on veut réussir dans une demande, il faut cacher soigneusement ce qu'on a fait pour le trône.

On ne voit rien d'heureux qu'on puisse attribuer au système des ministres, et l'on voit parfaitement ce que ce système a de désastreux. Y a-t-il quelques moyens d'éviter le mal que je prévois ? Un bien simple, et le seul infaillible, c'est d'appeler, au ministère et à tous les emplois, des hommes bien intentionnés.

De tels hommes favoriseraient la religion, raviveraient les lois, aimeraient et feraient aimer le Roi, la royauté et les royalistes.

CHAPITRE X.

Ministère et Royalisme.

CES deux mots, Ministère et Royalisme, impliquent contradiction et font craindre des révolutions futures.

Les royalistes pensent qu'un ministère qui s'entoure de tous les hommes démocratiques, est le plus dangereux ennemi du trône. Celui-là est bien aveugle qui ne voit rien de ce qui se passe ; qu'il ose soulever le rideau, il verra ce qui est affreux derrière. Aime-t-il mieux se réveiller en république sans que le sommeil en ait été troublé ! Nous y arriverons par des lois, au nom de la Charte, de la paix et de la légitimité. L'histoire s'étonnera beaucoup plus de ce qui se passe en 1819, que de ce qui s'est passé en 1793.

Après cela, vantons nos progrès dans la civilisa-
tion, applaudissons-nous, soyons fiers, nous en avons
sujet. Tout le monde sait que le système ministériel
conduit dans l'abîme. O homme, qui seul parais l'ignorer, ne permets pas qu'on t'y plonge!

On pense assez généralement qu'un ministériel est
un démocrate; et je suis presque assuré du contraire.
C'est seulement par complaisance que les ministres
français baissent devant les jacobins le pavillon de la
monarchie.

A Dieu ne plaise cependant, qu'il m'arrive d'affirmer, qu'il y ait eu en France depuis trente ans un
seul ministre royaliste. Je n'ai vu parmi eux que des
hommes sans esprit, sans talens, sans caractère;
mais s'ils manquaient de capacité, ils ne manquaient
pas d'intrigues. Toute la révolution a fourni ce prodige
d'une nation sacrifiée à une poignée de factieux.

CHAPITRE XI.

De la morale des intérêts, et de celle des devoirs.

LE système ministériel veut former une royauté sans
royalistes, une monarchie sans bases monarchiques.
On a inventé la morale des intérêts; celle des devoirs
est abandonnée aux imbéciles.

Par la morale de l'intérêt l'âme perd sa beauté, la

vertu ses leçons, l'histoire ses exemples. Demandez aux ruines de Sparte si Léonidas avait connu la morale des intérêts. Le devoir soutient la permanence du gouvernement : l'intérêt est la base mouvante d'un édifice de quelques jours.

Remarquez ceci : les intérêts ne sont puissans que lorsqu'ils prospèrent ; les devoirs au contraire, ne sont jamais si énergiques que quand il en coûte à les remplir. Ils grandissent dans le malheur ; ils ressemblent à la vertu.

Quoi de plus absurde que de crier aux peuples : ne songez qu'à vos intérêts ! C'est comme si on leur disait : ne venez pas à notre secours, abandonnez-nous si tel est votre intérêt. Avec cette profonde politique, lorsque l'heure du dévouement arrivera chacun fermera sa porte, se mettra à la fenêtre, et regardera passer la monarchie.

Que voulez-vous que le peuple conclue de la morale qu'on lui prêche, du spectacle qu'on lui donne ? De toute part on lui répète qu'il a bien fait d'avoir pris ce qu'il a pris ; que si les nobles ont été égorgés, les prêtres proscrits, les propriétaires dépouillés, c'est leur faute ; que rien n'est si beau que la révolution.

Endoctriné par de tels pédagogues, le peuple voit l'exemple confirmer la leçon. On chasse des places ceux qui ont eu le bonheur de rendre quelque service à la couronne ; on élève aux honneurs ceux qui l'ont trahie. L'ancien propriétaire meurt de faim à la porte de la maison où jadis il distribuait ses aumônes. On lui avait donné un chétif emploi pour vivre ; on le lui ôte; dépouillé comme royaliste par le gouvernement usurpateur, il est dépouillé de nouveau comme royaliste par les ministres du gouvernement légitime.

Rien n'est plus facile à un ministre de signer une destitution : le soir il retrouve sa table, son lit, ses laquais. Mais le malheureux qu'il a frappé, le pauvre royaliste ne retrouve qu'une famille en larmes, que la compagne de son exil, que des enfans élevés dans la misère à prier Dieu pour le roi! Voulez-vous qu'il devienne le valet de sa ferme? cela serait possible, mais il ne faudrait pas qu'il eût reçu au service du roi des blessures qui l'empêchent de labourer une terre ingrate, et de creuser sa tombe dans le sillon qui n'est plus à lui.

Monstres! par un tel système, un horrible ravage est fait dans le cœur humain : c'est comme si vous donniez des leçons publiques de trahison, d'injustice et d'ingratitude. Les méchans diront : continuons à faire le mal, puisqu'on en est récompensé.

Voilà la morale des intérêts ; et le moyen par lequel on brise les liens de l'obéissance et de la fidélité.

CHAPITRE XII.

Système ministériel.

———

S'IL est un homme qui se soit distingué par sa fidélité inviolable envers son Roi, s'il a répandu son sang
et sacrifié sa fortune à son service, s'il a souffert l'exil,
l'emprisonnement, la perte de ses parens, de ses enfans, de ses amis, cet homme est sûr d'être persécuté,
réformé, calomnié; et dans le fait il n'y a pas une seule
personne de cette classe qui siége dans le gouvernement. Pour arriver à cet honneur, il faut avoir été
élevé à l'école de la révolution ou de Buonaparte.

Aux yeux du ministère *fidèle,* la fidélité est un titre
de proscription ; la seule vertu consiste à être l'ennemi
de la monarchie légitime. Inquiéter le trône, agiter la
France, préparer une révolution; toutes ces choses-là
réunies forment les signes distinctifs auxquels on reconnaît un ami du ministère, et un bon ministériel.

Il faut le dire, avec vérité, M. D. ne se sert de toute
la confiance qu'on lui accorde, que pour creuser le
tombeau de la monarchie légitime; et le roi seul excepté, personne en France ne l'ignore.

N'est-ce pas lui qui a ressuscité tous les ennemis des
Bourbons et du repos de l'Europe ; et qui leur a donné
plus d'audace que jamais ? N'est-ce pas lui et son secré-

taire, qui ont recréé le système de quelques brigands pour tâcher de ravager le monde ?

Si M. D. n'était pas l'ennemi des Bourbons, laisse-rait-il circuler des libelles, c'est-à-dire des feuilles révolutionnaires, qui ne tendent qu'au renversement de leur trône ?

On a remarqué que, depuis quatre ans, une pente accélérée nous entraînait vers l'état républicain provi-soire ; qu'on poussait fort à la roue ; qu'on appro-chait du but ; que déjà on touchait au timon de l'Etat ; mais qu'au milieu de cette ivresse, l'horizon s'est rem-bruni.

Le peuple a profité de l'expérience. Il voit que les promesses des révolutionnaires ne sont rien. Qu'il n'est ni plus heureux, ni plus riche qu'autrefois ; qu'il n'a rien gagné ; qu'il a beaucoup perdu ; qu'il est dans la même chaumière.

Parmi ses enfans, les uns ont été jetés dans les flots glacés de la Moscowa, les autres ont péri dans les sables brûlans de l'Espagne. Je ne sais qui avait défini la révolution par cette phrase : « Ote-toi de là que je m'y mette. » Le peuple voit clairement aujourd'hui qu'il ne s'est mis à la place de personne, et qu'il a sup-porté trente années de calamités. Tout cela lui donne une grande tendance à l'immobilité ; disposition très-fâcheuse, j'en conviens, pour les gens qui aimeraient à puiser encore dans l'eau trouble.

Une force hors de toute influence, supérieure à tous les pouvoirs, fera triompher la bonne cause : la raison publique, appuyée sur l'expérience. C'est surtout chez une nation dont le tact et la pénétration sont admirables, qu'on peut compter sur cette ressource, lorsque tant d'autres, sur lesquelles elle eût aimé à se reposer, viennent à lui manquer.

Il est temps que les rois pensent à eux ; il est temps qu'ils s'occupent de mettre un terme au système ministériel ou démagogique. L'Europe succombe sous le poids des doctrines philosophiques, et on les lui présente pour appui. On veut que les maximes qui ont conduit les rois à l'échafaud affermissent les trônes, et que le système qui a soulevé les peuples les uns contre les autres, soit le lien qui doit les unir.

En vain quelques imbécilles, s'ils ne sont traîtres, se fatiguent à chercher un abri dans les ruines ; en vain voudraient-ils tromper l'immense majorité des Français qui déjà les connaît trop.

La saine politique les repousse parce qu'elle est inséparable de la justice, et que c'est par elle seule que peuvent renaître et régner, dans un État révolutionné, la paix, la concorde, et l'amour du souverain. Maintenir les intérêts ministériels et moraux de la révolution, ce serait annoncer sa victoire, son élévation, sa continuation, plutôt que sa défaite, sa chute et sa fin ; ce serait confirmer et proclamer le triomphe du crime oppresseur sur la vertu opprimée.

N'était-ce pas assez d'avoir successivement gémi, pendant vingt-cinq ans, sous le gouvernement assassin de Robespierre, sous le gouvernement lâche et stupide des *Cinq Directeurs*, sous le gouvernement ridicule et éphémère des trois Consuls, sous le gigantesque et

tyrannique gouvernement de *Buonaparte* ? Tout ce
que la France possède d'hommes religieux et fidèles
fut transporté de joie lorsqu'en 1814 on vit enfin reparaître sur le sol français l'auguste famille des Bourbons. On se flattait avec raison que le rétablissement
du gouvernement légitime allait produire l'anéantisse-
ment de toutes les illégitimités révolutionnaires éta-
blies, de quelque nature qu'elles fussent, depuis l'autel
jusqu'au trône, depuis le sceptre jusqu'à la houlette,
depuis le palais des rois jusqu'à la cabane du pauvre.

L'héritier légitime est depuis plus de cinq ans remonté sur le trône de ses ancêtres ? Son cœur paternel, sa grande âme voulait le bien et rien que le bien.
Il confia le soin de le faire à des ministres responsables.
Ce n'est donc plus, comme autrefois, à l'absence de
la légitimité royale que nous devons attribuer nos
maux et nos désordres ; mais à l'incapacité et à l'ignorance des ministres qui gouvernent en son nom.

CHAPITRE XIII.

Sur la marche de la révolution.

Ceux qui ne savent rien voir ni rien prévoir, jugent
du lendemain par la tranquillité apparente de la veille ;
ceux-là dorment sur le volcan qui les menace, eux et
toute l'Europe, d'une prochaine et terrible éruption.

Les événemens se pressent, se succèdent, la crise approche, et ce qu'elle prépare doit épouvanter les peuples et faire frémir les Rois.

L'hydre de la révolution, terrassée un moment en 1815, a repris, depuis le 5 septembre 1816, plus de force et d'activité qu'elle n'en eut jamais. Tout ce qu'on a fait depuis cette époque a relevé ses espérances, accru son audace, étendu sa puissance. Encouragé par le ministère français, qui l'a soutenu dans toutes ses entreprises, qui l'a secondé de tous ses moyens, qui, en un mot, lui a tendu la main, et a fait un pacte avec lui, le monstre est aujourd'hui tellement grandi, tellement sûr de son triomphe, qu'il en est déjà aux empoisonnemens et aux assassinats. Déjà il essaye, sur les différens points de l'Europe, des coups hardis et décisifs qui accélèrent le moment de la victoire, comme ceux qu'il vient de porter en France vont hâter la chute du trône légitime.

La morale de l'illuminé est celle du jacobin, du révolutionnaire, du libéral, du ministériel en un mot. C'est cette morale qui fera reculer d'horreur la plupart de ceux qui se disent libéraux ; c'est cette morale qui donne naissance à diverses factions destinées à se punir, à s'entr'égorger les unes les autres ; c'est cette morale qui mettra les peuples aux prises, lorsque les trônes qu'elle aura renversés ne pourront plus les mettre à l'abri de leurs propres fureurs. C'est cette morale qui détruit les autels et crée le néant de l'athéisme ; c'est cette morale qui fait couler des torrens de sang et amoncèle les ruines.

Mais cette morale n'a qu'un temps, parce qu'elle ne peut produire que le désordre et le chaos, et que le chaos et le désordre, contraires à la nature de l'homme, ne peuvent subsister qu'un temps. Mais que de maux, mais que de crimes, mais que d'horreurs le système ministériel aura semés sur son passage ! et combien seront coupables les chefs qui l'auront toléré, favorisé, dédaigné ou méconnu ! Tout le sang qui aura été versé, toutes les dévastations qui auront été commises, retomberont sur leurs têtes coupables, et ils répondront à la justice éternelle, et aux siècles futurs, de l'embrasement du monde.

CHAPITRE XIV.

Extrait de l'Histoire d'Angleterre par Rapin.

« Edouard I⁰ᵉ , voyant l'ascendant que Pierre Gaveston, natif de Libourne, avait sur l'esprit du prince son fils, résolut d'y remédier sur-le-champ. Pour cet effet, de l'avis du Parlement, Gaveston fut banni du royaume ; de plus, le roi voulut que le prince s'engageât par serment à ne le rappeler jamais, et que Gaveston jurât aussi qu'il ne remettrait plus le pied dans le royaume.

« Mais la première démarche que fit Edouard II, peu de jours après la mort de son père, fut de violer son serment, et de rappeler Gaveston, qu'il fit comte de Cornouailles. L'impatience qu'il eut de combler de ses bienfaits un favori méprisé de tout le monde, fit voir jusqu'à quel degré sa passion était montée, et en fit craindre les suites.

« Les seigneurs anglais ne pouvaient voir, sans un extrême chagrin, un homme, tel que Gaveston, disposer à son gré de toutes les charges du royaume, et se rendre maître absolu du gouvernement de l'Etat, dont le roi lui abandonnait entièrement la conduite. Il semblait qu'Edouard ne voulût être roi que pour pouvoir répandre à pleines mains ses grâces sur son favori. Uniquement occupé du soin de lui plaire, comme un amant à sa maîtresse, il ne se mêlait de rien que de chercher tous les jours de nouveaux moyens de lui faire éprouver quelque satisfaction.

« Enfin, s'abandonnant entièrement à sa direction, il le laissait agir en roi, pendant qu'il faisait gloire lui-même d'être son sujet ou son esclave. On n'avait jamais vu de passion plus démesurée; aussi on disait publiquement que le roi était ensorcelé.

« La taille de Gaveston était fine et dégagée : on ne pouvait s'empêcher d'admirer son esprit et ses réparties propres aux Gascons parmi lesquels il était né. S'il eût été moins aimé du roi, il aurait fait une fortune plus solide quoique moins considérable; mais l'affection de son prince lui inspira un orgueil qui le perdit.

« Il voulut gouverner l'Etat avec une autorité absolue. Il était si fier et si présomptueux, qu'il se croyait au-dessus des plus grands hommes. Le principal

moyen dont il se servit pour gagner l'affection d'E-
douard, fut d'avoir une complaisance aveugle pour
toutes ses volontés, sans examiner si elles étaient honnêtes ou vicieuses. Au dépérissement entier des affaires, on ne fut pas long-temps sans reconnaître les suites funestes d'un si mauvais choix.

« La faiblesse du roi allait à ce point, qu'on lui en-
tendit dire que, si son pouvoir était égal à son affection, il mettrait la couronne sur la tête de Gaveston.
Il voulut du moins l'approcher du trône, en lui faisant
épouser la fille du comte de Glocester.

« Chaque nouvelle faveur que le roi accordait à
Gaveston, ajoutait un nouveau degré à la haine que la
nation avait conçue contre le favori. On voyait bien
qu'il était inutile de presser le roi de s'en défaire, et
que jamais il ne consentirait à ce sacrifice, à moins
qu'il n'y fût forcé. Dans cette pensée, au lieu de s'a-
muser à persuader Edouard par des raisons qui n'auraient produit aucun effet, les principaux seigneurs
travaillèrent à faire entrer dans leur ligue les membres
du Parlement qui devaient s'assembler.

« Les deux chambres, s'étant unies dans le même
dessein, demandèrent au roi, d'une manière si forte et
si positive, que Gaveston fût banni du royaume, que
ce prince n'osa s'y opposer.

« Mais en exécutant sa promesse, il trouva moyen
de donner à son favori un nouveau témoignage de son
affection, en le faisant gouverneur d'Irlande, avec un
pouvoir très-étendu : bientôt même il le rappela, et
Gaveston fut plus insolent que jamais.

« Les lords firent de vives remontrances au roi,
qui, pour les calmer, engagea son favori à aller passer
quelque temps à Livourne; mais son exil ne fut pas
de longue durée, et Gaveston, au lieu d'apaiser ses
ennemis par sa modestie, poussa l'audace si loin, qu'on
fut obligé de lui faire trancher la tête. »

Il y a, dans le monde, des favoris mille fois plus
coupables que Gaveston! Ceux, par exemple, qui ne
se soutiennent dans l'exercice de la puissance qu'à
force d'intrigues, d'adresse, de souplesse, de corruption, de rouerie et d'argent; ceux qui, pour avilir et
renverser des trônes légitimes, entassent mensonges
sur mensonges, injustices sur injustices.

Princes de la terre, n'accordez jamais votre confiance à de misérables jongleurs, à des êtres vils et
méprisables; chassez-les ignominieusement, ou plutôt
faites-les rentrer dans la poussière d'où jamais ils n'auraient dû sortir, et vengez ainsi la justice et l'humanité de tant de crimes et de perfidies!

Ecoutez un homme incapable de vous tromper, et
le meilleur et le plus éclairé des publicistes de son siècle (M. le vicomte de Châteaubriand). Il vous crie,
avec son éloquence ordinaire :

« Quand cesserez-vous de repousser les hommes
religieux et monarchiques, pour appeler à vos conseils
des niveleurs et des régicides? L'Europe veut-elle périr; son heure est-elle arrivée? Que font les gouvernemens? Les souverains seront-ils toujours aveuglés;
ne s'aperçoivent-ils pas que la proscription révolution-

naire s'étend surtout à leur personne sacrée, à leur trône légitime ? L'assassinat de Kotzebue doit leur prouver qu'il est temps de se réveiller. »

Que font les gouvernemens ? Ils ont été trompés par la fameuse *Correspondance privée.*

CHAPITRE XV.

La fameuse Correspondance privée.

C'est une lettre de Paris que certains journaux anglais impriment, deux ou trois fois la semaine. Cette lettre contient ordinairement d'infâmes mensonges, des calomnies abominables. Cette correspondance date de l'époque où fut dissoute la chambre de 1815.

Continuée jusqu'à ce jour, elle a servi à dénaturer la vérité, à déshonorer le nom Français, à tromper les cours étrangères, à corrompre l'opinion publique. C'est là, en un mot, que toutes les haines révolutionnaires exhalent leur venin, épuisent leur rage.

On sait parfaitement d'où sort cette correspondance, quel génie la dirige, par quelle main elle est tracée. Mir.... Mir... Le temps levera bien des voiles! malheureux, tu es encore plus coupable que ton chef; plus roué que lui, ce qui paraît impossible. Tu ne sais rien; mais tu as quelque chose de bien précieux dans cette conjoncture ; tu as ce goût, cette habitude, cet élan de calomnie, qui, dans ta correspondance privée, essaie de flétrir aux yeux de l'Europe tous les talens, toutes les vertus, tous les nobles sentimens.

Misérable ! tu crois donner à tes impostures un air de vraisemblance, en leur donnant une physionomie étrangère ! On améliore des vins généreux en leur faisant traverser les mers ; mais des poisons ! vainement on les fait voyager, ce sont toujours des poisons.

Ceux qui les répandent crient au voleur pour détourner l'attention, pour donner à leurs complices le temps de dévaliser. Ici, c'est la monarchie qu'on dévalise ; c'est la France qu'on sacrifie aux plus exécrables passions.

. . . . Grand Dieu !
Tu vois tous ces forfaits, et ne les venges pas.

P. S. Le public est persuadé, dit M. de Châteaubriand, dans le *journal des Débats* du 7 juin 1819, que la *Correspondance privée du Times* sort des bureaux de M. le comte Decazes, et qu'elle est placée sous sa direction particulière.

~~~~~~

CHAPITRE XVI.

Lettre de Buonaparte au rédacteur du *Drapeau Blanc*.

MONSIEUR LE RÉDACTEUR,

Je trouve assez naturel que vous ayez arboré la couleur blanche, et assez étrange, que sous un roi on puisse être trop royaliste ; de mon temps, j'aurais remercié ceux qui seraient venus me parler d'ultrà-bonapartistes.

Vous ne me flattez pas, il faut l'avouer ; mais jugez si je commence à me convertir : moins vous me ménagez, plus je me sens de résignation. Je m'en aperçois au plaisir que me causent les vérités que vous dites à ces hommes qui eurent l'ingratitude de m'offrir un bonnet rouge en échange des chapeaux à plumes dont je les avais coiffés.... Je voulus bien me prêter à la farce, et, selon l'expression de la fameuse baronne, être *Robespierre à cheval* ; mais, si le dénoucment n'eût pas été si prompt, bientôt le Robespierre eût cédé sa monture à l'empereur et roi ; bientôt les indépendans, mes anciens serviteurs, seraient venus se prosterner à mes pieds, et baiser mes bottes, si j'eusse daigné leur accorder cette grâce.

Le destin en a ordonné autrement, bien qu'au dire

5

des libéraux, mes ci-devant flatteurs, je gouvernasse le destin. Maintenant que le vent de mes adversités a chassé loin d'eux la grêle des décorations, des dignités, et surtout la pluie d'or, ils nient que j'aie même su gouverner les hommes.

Pour que mon impéritie fût démontrée de la manière la plus frappante, le ministère actuel a placé dans l'armée, dans la chambre des pairs, dans celle des députés, dans les tribunaux, préfectures, sous-préfectures, mairies, les hommes que j'avais choisis pendant les Cent-jours ; de manière que si je revenais en France, je n'aurais presque personne à déplacer.

Vous croyez, peut-être, M. le Rédacteur, qu'on ne peut pousser plus loin les tours de force ? patience, les ministres sont capables, pour me faire nique, de réorganiser les fédérés, et d'envoyer aux galères la fidélité mal-à-propos amnistiée ; ils sont capables de teindre de rouge et de bleu les deux tiers du drapeau blanc ; et de coudre, à la Charte royale, l'article de l'acte additionnel qui chasse à perpétuité les Bourbons du trône, pour mieux y asseoir Louis XVIII.

On les attend à la bataille de Waterloo ; nous verrons comment le général en chef de la police soutiendra les efforts des rois de l'Europe, qui, bien décidemment ne veulent pas que la France soit en révolution. Pense-t-il les arrêter tout court, en leur demandant leurs passeports ou leurs cartes de sûreté ? Croit-il mettre au secret une armée de huit cents mille hommes, comme il a fait de quelques généraux fidèles qui se sont livrés d'eux-mêmes, en s'avouant

coupables d'avoir conspiré pour le Roi contre les factieux?

Il se croit sûr de parer à tout, celui qui, pour se
tracer un plan de conduite, semble avoir plus médité
mes succès que mes catastrophes. On peut en juger
au train dont il y va : regardez comme il cumule déjà
les portefeuilles ; laissez-le faire, il sera les six ministres comme j'ai été les trois consuls, à moins que le
temps ne lui manque, comme il a manqué à l'avocat
d'Arras qui, sans le 9 thermidor, eût été, avant moi,
le souverain du souverain.

Un trône est trop étroit pour être partagé. Gi-
rouettes ! votre tactique est connue : un coup de pied
à qui s'en va, un coup de chapeau à qui reparaît, et
vous reprenez l'équilibre. Loin de moi les roseaux qui,
souples par calcul autant que par nature, ne rompent
jamais, et semblent, à chaque tempête, s'enraciner
davantage.

Puisque les ministres du Roi ont pris, pour le servir, les hommes qui m'ont ramené de l'île d'Elbe à
Paris ; eh bien ! moi, je prendrai tous ceux qui ont
conduit le Roi de Paris à Gand. Cet appel aux royalistes me donnerait un air de légitimité. Ils sont am-
nistiés, ce serait déjà un embarras de moins : d'ailleurs ce sont des immobiles les ultra, rien ne les
change. Graciez-les, ne les graciez pas ; chassez-les,
on les retrouve toujours à l'heure des infortunes.

Sur ce, je prie Dieu, M. le Rédacteur, qu'il
vous ait ainsi que la France, en sa sainte et sauvegarde.

CHAPITRE XVII.

Despotisme.

Nous avons eu le despotisme conventionnel, le despotisme du Directoire, celui des consuls, le despotisme militaire. et nous luttons aujourd'hui contre le despotisme ministériel.

Pourrait-on m'indiquer un lieu, dans le royaume des Francs, où le soleil éclaire aujourd'hui un homme libre?

Une douzaine de familles cultivent en paix l'héritage de leur père, dans le village de Mantet, aux extrémités de la France; leurs modestes habitations sont réunies dans un vallon sauvage, loin des villes et des routes fréquentées. Croyez-vous que la liberté réside dans ce hameau presque inaccessible? Non: le bras du despote administratif s'étend à travers les forêts, les glaces et les précipices, sur ces humbles cultivateurs; leurs enfans sont inscrits dans un registre à l'instant de leur naissance, pour leur être ravis au bout de vingt ans. Leurs champs, presque stériles, sont copiés avec soin dans un cadastre: leurs récoltes chétives sont décimées, et le produit de leurs sueurs, transmis dans la capitale, y sert à engraisser leurs ennemis.

Les ministériels, qui veulent renverser le trône des

Bourbons, ne comptent pas la masse du peuple pour grand'chose. Courbée sous le joug d'une faction qui gouverne, elle ne peut lever les mains pour défendre son Roi. La France change de maître à l'insu de la nation.

Un seul homme excepté, tous les Français aujourd'hui devinent les projets du ministère, tous protestent contre un système qui concentre la monarchie dans les mains d'une faction ennemie de tous les monarques légitimes.

Cette faction vient du despotisme ministériel : c'est à lui qu'est dû totalement l'état d'incertitude qui excite nos plaintes. Repousser les royalistes, appeler à soi les révolutionnaires, n'est pas le moyen d'inspirer de la confiance. Une nation s'effraie sur l'avenir, quand elle voit qu'on la démoralise au point de faire regarder la fidélité comme une duperie, le parjure comme un titre; elle s'effraie quand elle voit persister dans un système qui ne cherche les appuis de la monarchie que parmi les hommes qui la renversèrent.

Demandez, je ne dis pas aux savans qui figurent à la tête de cet ouvrage : pour eux, la question serait oiseuse; mais au plus simple, au plus stupide, au plus hébété des villageois ; demandez-lui qui a relevé et qui soutient les ennemis de l'autel et du trône ; il répondra, le ministère. Qui repousse et décourage les amis de leur Roi? Le ministère. Qui punit la fidélité? Le ministère. Qui récompense la félonie? Le ministère. Qui a destitué les hommes dévoués? Le ministère. Qui a mis le pouvoir dans les mains des traîtres et des parjures? Le ministère? Qui étonne, qui alarme toute

la terre ? Le ministère. Quel est le monstre le plus
dangereux pour le Roi, et surtout pour la Famille
royale ? Le ministère. Quel est le typhus, l'épidémie,
la fièvre jaune, la peste la plus redoutable pour tous
les souverains légitimes de l'Europe ? Le ministère.

Quand on réfléchit sur le système ministériel, et
qu'on se représente toutes les injustices qui se com-
mettent, quand on entend la voix de tous les hommes
s'élever contre un millier de monstres révolutionnaires,
qui seuls ont le pouvoir en main ; quand on considère
tous les maux qu'ils ont faits, et tous ceux qu'ils préparent, on est tenté de fuir cette terre misérable où les
régicides veulent rentrer , par cela seulement que la
vertu y est gémissante et le crime triomphant ; on est
tenté de plaindre la trop grande bonté du Monarque,
et d'oublier, pour ainsi-dire, la sagesse, jusqu'à mur-
murer contre la main puissante qui gouverne l'univers.

Qu'attendre du système ministériel ? La guerre civile , la guerre étrangère, la mort de la patrie. L'indignation saisit les cœurs à l'aspect de son inventeur, de
cet être qui croit avoir enchaîné la fortune. Malheureux ! il ne voit pas que son élevation est le fruit de
ses bassesses, et sa prospérité le prix de ses trahisons !
Chaque jour il commet de nouveaux attentats, et chaque jour le succès couronne son audace.

Il sape les fondemens du trône à coups de libéraux ,
de jacobins, de républicains, seuls admis à cette manœuvre. D'un autre côté, on le considère déjà comme
perdu sans ressource. La puissance dont il est revêtu ,
les flatteurs dont il est entouré, n'abusent plus per-

sonne; il est jugé dans l'opinion publique : les honnêtes gens le condamnent, et leur jugement est toujours sans appel.

CHAPITRE XVIII.

De la confiance mal placée.

La confiance est un des traits les plus marquans de
notre caractère national. Chez un peuple de ce caractère, les ambitieux, les intrigans, les charlatans politiques ont beau jeu. Catherine de Médicis en conduisit
avec elle un grand nombre qui exploitèrent le royaume
à leur profit; ils eurent des imitateurs sous les règnes
suivans; et, depuis lors jusqu'à nos jours, nous avons
vu trop souvent l'intrigue ignorante et trompeuse l'em-
porter sur la capacité confiante et sans art.

Toujours il s'est trouvé des hommes assez bas pour
louer les êtres les plus vils; même sous le règne de la
terreur. Cette étrange maîtresse de la France eut ses
flatteurs, ses courtisans, ses ministres, qui justifiaient
les confiscations et les assassinats.

Enfin les monstres disparurent; mais la France as-
servie était préparée pour le despotisme; il vint, il
régna, il s'abîma dans ses excès.

L'année 1814 montra l'aurore d'un beau jour. On
crut la révolution terminée : l'année 1819 nous fait
voir que nous étions dans l'erreur. Les contemporains

en diront les causes, et nos descendans auront peine à les croire.

Dans toutes ces crises, la population s'est trouvée partagée en deux classes, l'une agissante et l'autre passive. La première, peu nombreuse, mais toujours en mouvement, est celle des révolutionnaires. L'autre, immense par le nombre, mais trop dévouée pour être protégée, ne peut rien faire faute de confiance; on saura ce qu'il en coûte de l'avoir mal placée.

Il n'est pas rare d'entendre dire d'un homme en place : vous ne pouvez pas douter de ses sentimens, nulle position ne peut lui procurer autant d'avantages que celle où le sort l'a élevé. Tout cela est à merveille, répondra-t-on, mais jugeons par les faits. Si ses actes sont contraires à l'intérêt public, il se trompe; et la place qu'il occupe est au-dessus de ses moyens. Qu'un bandit, embusqué sur le bord d'un bois, me blesse d'un coup de fusil, ou qu'un homme maladroit m'atteigne à la chasse, je n'en suis pas moins estropié.

On a dit quelque part l'*erreur des Rois* coûte cher. On peut en dire autant de l'erreur des ministres, surout lorsqu'ils se nomment le gouvernement. Si les ministres sont des hommes à vues courtes, fausses, intéressées; si leur guide est l'orgueil, leurs moyens la brigue, leur but le despotisme; c'est un devoir de les dévoiler, de signaler leurs fautes, d'ouvrir tous les yeux sur leur conduite, d'en marquer les conséquences inévitables.

S'il existait un pays, par exemple, où le système établi fût tel, que la fidélité au souverain y serait punie

comme un crime, et que le dévouement deviendrait
un titre de proscription, ne pourrait-on pas dire d'un
tel système que c'est une conception fausse, malheureuse et contre nature ?

S'il existait dans ce pays une secte ennemie de
l'ordre et des lois, des autels et des trônes; si sa haine
était prouvée par des actes nombreux et par des
crimes, ne devrait-on faire en sorte que jamais elle ne
pût devenir puissante ?

Si cette secte avait joui d'un pouvoir absolu dont
elle aurait abusé; et si, après en avoir été dépouillée
par suite des événemens, de l'horreur qu'elle inspirait,
on l'enlevait forcément à son obscurité pour lui donner
une nouvelle vie, n'aurait-on pas le droit de penser
qu'il y a abus de pouvoir et trahison infâme.

Si dans ce pays, il y avait un ministre favori qui
devînt tout-puissant par la bonté de son maître, et que
ce ministre exhumât avec soin tous les élémens de
l'anarchie, de la république et du despotisme, pour
en former les bases d'une monarchie légitime ?

Et si, poussant plus loin les recherches, on voyait
quelques meneurs, soutenus par l'autorité, se mettre
dans un état de guerre contre l'ordre social et contre
l'espèce humaine, en outrageant la religion, la fidélité;
si la vertu passait pour crime et le crime pour vertu ;
qu'on n'y tînt nul compte de l'expérience; que l'audace
fût substituée à la sagesse, la désorganisation à l'ordre,
le système ministériel à la raison publique, ne pourrait-on pas croire qu'un tel pays se précipite vers sa
ruine ?

CHAPITRE XIX.

Système ministériel.

———

ON a dit avec raison que le système ministériel a plus corrompu la France dans trois ans que la révolution dans un quart de siècle.

En effet chaque jour voit paraître d'infâmes libelles où tout ce qu'il y a de sacré parmi les hommes, est outragé avec une audace qui ressemble au délire. Nous pensons que c'est tromper le Roi, que de ne pas empêcher les doctrines, le dévergondage révolutionnaire, dont la ruine de la France et de l'Europe aurait été le résultat infaillible, sans le secours de quelques royalistes dont les lumières viennent enrichir cet ouvrage.

On a vu et on voit souvent se diviser le ministère, sans qu'il soit possible de prendre intérêt pour aucun ministre. Tous ont marché vers l'abîme volontairement. Ce n'est que quand ils se voient tout-à-fait sur le bord qu'ils reculent avec effroi, et reconnaissent la vérité des salutaires avis que jusqu'alors ils avaient méprisés.

Chaque jour on leur crie de tous côtés : où allez-vous ? où nous conduisez-vous ? vous traînez le char de la monarchie vers l'ornière de la révolution. Les imprudens n'écoutent rien. Partout les amis du trône sont repoussés, abreuvés d'injustice et de dégoûts, et ses ennemis accueillis, encouragés, récompensés. Un ministre, tout en protestant de son amour pour le Roi, déclare hautement son aversion pour les prêtres et pour les nobles ! Etranges sentimens dans un serviteur, dans un ami, dans un ministre du roi très-chrétien....

Telle était la disposition des choses quand le congrès d'Aix-la-Chapelle s'ouvrit. Le chef de notre ministère eut besoin d'aller dans les Pays-Bas pour apprendre à connaître la force ; il ouvrit les yeux ; il fut épouvanté du mal, et sentit la nécessité d'abandonner un système faux, absurde, contraire aux intérêts de la France et de l'Europe.

Il faut savoir gré à ce ministre de son repentir, et même lui tenir compte de sa résolution. Le bien n'est pas aujourd'hui assez commun pour nous montrer difficiles.

~~~~~~

CHAPITRE XX.

Ministère.

Q<small>UAND</small> le ministère s'égara dans de faux systèmes, les royalistes lui crièrent qu'il perdait la France ; et qu'en désolant la patrie, il se désolerait lui-même.

Il lutte aujourd'hui contre la force des choses, qui veut que la France soit sauvée; il marche vers un abîme que lui seul ne voit pas; il n'a de forces que pour se tromper, de ressources que pour mieux combiner sa ruine. Jamais aucun gouvernement ne conspira plus ouvertement contre lui-même, et jamais on ne fit moins de frais pour le tromper; jamais les factions révolutionnaires, ingrates de tout temps envers qui les a servies, n'ont été plus dédaigneuses envers qui peut les servir encore. Fières d'une domination de 5o ans, elles arrachent le bienfait des mains, et semblent vouloir tout tenir d'elles-mêmes.

Voyez le ministère depuis que, placé sous l'influence de la révolution, il semble n'agir que pour elle et par elle : où a-t-il conduit la France ? Nos plaies, qu'il pouvait cicatriser, saignent encore; et il ne jouit pas plus de ses erreurs que Phèdre ne jouissait de son crime. Comme elle il pourrait s'écrier :

Hélas! du crime affreux dont la honte me suit,
Jamais mon triste cœur n'a recueilli le fruit!

Pour un tel ministère point de repos, parce que les hommes d'Etat n'ont que celui qu'ils procurent aux autres. Point de certitude, parce que l'avenir n'appartient jamais à ceux qui ne font rien pour l'avenir.

On a prétendu sauver la royauté en écrasant les royalistes. Quelle rapsodie ! On l'a livrée aux révolutionnaires sans se réserver aucun moyen de la garantir. Il est impossible aux hommes qui ont ouvert l'abîme de le fermer. Ils ne peuvent que s'y enfoncer de plus en plus. On l'a dit avec beaucoup de raison, le seul coup d'Etat heureux pour la France, de la part des ministres, c'est de se retirer des affaires. Il y va de leur salut et de celui de la patrie.

Si les royalistes sont en état d'hostilité contre le ministère, à qui la faute ? ils n'en veulent point aux hommes du pouvoir, mais seulement à la manière dont il est exercé. Au milieu des dangers qui menacent la monarchie légitime, il y aurait de la lâcheté à rester tranquilles spectateurs du mal qui se fait. Il est de notre devoir de poursuivre jusque dans leurs derniers retranchemens, ceux qui par négligence, incapacité ou mauvaise foi, compromettent des intérêts fondés sur la justice.

On dit que les royalistes ne respirent que la guerre. Oui, contre le ministère, tant qu'il n'abandonnera pas un système dont les funestes résultats se déroulent chaque jour aux regards de la France alarmée; tant que l'on voudra administrer pour la légitimité, comme l'on administrerait pour l'usurpation; tant qu'on donnera le pouvoir aux ennemis du Roi pour servir le Roi. Oui, nous attaquerons sans relâche les choses et les hommes qui s'opposent à l'établissement de tout ce qui est légitime, et nous ne mettrons un terme à ce combat que lorsque le génie du bien aura vaincu le génie du mal.

Les royalistes sont prêts à louer tout ministère qui mettra du talent et de la bonne foi dans ses opérations. Que le ministère essaie de faire le bien, qu'il le fasse, et les attaques de ses adversaires seront inutiles. Voilà l'unique moyen, le moyen infaillible qu'un ministère doit employer pour se faire de tous les royalistes des amis qui ne trahissent pas. L'imprudence, le mensonge et la calomnie n'auront pas plus le pouvoir de les intimider que de les convaincre. On aura beau les appeler *ultras*, ils se souviendront qu'on les appelait aristocrates, lorsqu'on voulait, il y a trente ans, paralyser leurs efforts pour la défense du trône légitime. La *note secrète* même, dont à l'instar des révolutionnaires, les ministres veulent faire l'épouvantail de la politique, ne fera plus impression sur ceux qui savent que le ministère la fit paraître et disparaître de la circulation l'an dernier.

Que les ministres fassent imprimer cette terrible *note secrète* une seconde fois, on y verra le désir fortement exprimé de la retraite d'un ministère qui ne comprenait pas plus que celui d'aujourd'hui ces grandes vérités senties par la masse de la nation ; vérités précieuses sur lesquelles nous nous faisons une gloire d'être d'accord avec la *note secrète* qui est éminemment royaliste parce qu'elle est éminemment nationale.

Nous tiendrons toujours le même langage, nous prêcherons toujours les mêmes doctrines. Nous ne désespérerons jamais de la chose publique, parce que les circonstances manquent à ceux qui s'en mêlent. Le peuple ne peut plus être abusé sur le but réel des projets désorganisateurs qui n'ont profité qu'à quelques-uns, et dont il a été la victime. L'expérience du passé défend à l'avenir les erreurs et les crimes qui furent la source de nos calamités.

CHAPITRE XXI.

Responsabilité ministérielle

On rapporte avec vérité que dans l'espace de 208 ans dix ministres ont subi la peine capitale, comme coupables d'abus de pouvoir, de conspiration, de malversations, et d'autres crimes de haute félonie.

Le premier de ces dix fut Pierre de la Brosse, ministre et favori de Pierre le Hardi, qui fut pendu en 1276, pour avoir voulu mettre le trouble dans la famille royale *seulement*.

Le dernier des dix fut Olivier Ledain, ministre et favori de Louis XI, pendu sous la majorité de Charles VIII, en 1484. Tous ces favoris avaient entretenu des *correspondances privées* contre les vrais amis de leur souverain; tous avaient, comme le fameux *Aman*, calomnié et outragé les serviteurs les plus fidèles.

L'histoire remarquera que, par un hasard bien étrange, ou une combinaison bien atroce, c'est le 21 janvier que les régicides ont fait leur rentrée. N'est-il pas révoltant, pour tout homme qui a des entrailles françaises, de voir revenir justement pour l'anniversaire de la mort du roi, les scélérats qui l'ont assassiné; tandis que quelques misérables jacobins restent expatriés !

Au point où nous en sommes, quelques libéraux de plus ou de moins ne feraient rien à l'affaire. Je ne suppose pas que nos ministres, qui sont de si grands politiques, puissent les redouter.

Après vingt-cinq ans d'agitations, de discordes et d'infortunes, la France soupirait ardemmment après le repos : elle avait faim et soif de la justice, qui seule pouvait le lui rendre. Mais de profonds génies inventèrent le fameux système des intérêts révolutionnaires, et ce fut aussitôt une maxime d'État qu'il fallait lui immoler tout, même la religion et la justice. Cette maxime une fois établie, tout marcha dans le sens de ce système, et certains hommes furent placés sur tous les

élevés de l'administration publique, comme des jalons
pour nous faire retrouver la route de la révolution.
Elle avait fui un instant pour se retirer devant la
royauté; mais ce fut à la manière des Parthes.

Diogène ne croyait pas y voir assez en plein-jour
pour trouver un, homme : et nous, nous fermons les
yeux de peur de le rencontrer. Il s'est formé aujour-
d'hui une ligue de toutes les passions contre le génie.
La médiocrité l'emporte sur lui. Il y a, selon la remarque de Bossuet, *de ces grands esprits faux*, habiles à tromper les autres, et à se tromper eux-mêmes.
Nous avons nous, dans ce siècle, *de petits esprits faux*
bien plus habiles encore; car ils trompent aussi les
autres, et ne se trompent jamais eux-mêmes. On les voit
devenir conseillers d'état, ministres, pairs, etc., etc.
Une cruelle expérience a beau nous avertir du danger
de leurs systèmes, n'importe. A peine essuyés du naufrage, nous nous précipitons en aveugles sur ces
écueils tout semés encore de nos débris.

Battu par la tempête, le vaisseau de l'Etat cinglait
enfin à pleines voiles vers le port; il semblait y toucher,
et il ne fallait pour y entrer que seconder les vents
favorables.... Mais, hélas! près d'aborder, un funeste
génie l'a repoussé loin du rivage, et lancé une seconde
fois au milieu des orages. Après de longues infortunes,
la religion et la justice tendaient la main à la royauté,
elle a préféré s'appuyer sur une politique fausse,
foible, lâche, étroite, injuste, misérable enfin. Mais
si misérable, qu'au lieu de laisser dans la confusion et
la nullité les brigands révolutionnaires, on leur a

4

donné des garanties. En leur confiant presque toutes les places, on leur a si bien fait lever la tête, que déjà ils portent le nez au vent, et s'imaginent qu'il serait injuste de leur contester la puissance.

Nous avons affaire à de plaisans conciliateurs, en vérité ! Après avoir tout divisé, tout brouillé, après avoir réveillé les anciennes haines, envenimé les nouvelles, nos ministres nous disent sérieusement : soyez unis. C'est maître Jacques qui, après avoir brouillé mieux que jamais le père et le fils, leur dit, en les laissant ensemble, *à présent, vous voilà d'accord.*

La religion de Louis XVIII n'est-elle pas surprise lorsqu'on rappelle les meurtriers de Louis XVI, au mépris de la justice, de l'honneur, du respect même pour la parole sacrée du monarque qui, après avoir long-temps résisté au bannissement des régicides, déclara enfin que la volonté du ciel lui avait paru s'expliquer par la voix unanime des deux Chambres ?

Les ministres du roi sont-ils responsables oui ou non ? s'ils sont responsables, que méritent-ils ? voilà la question.

CHAPITRE XXII.

De la conduite des Ministres, suivant la Note Secrète.

————

Pourquoi les ministres ont-ils tant crié contre la Note Secrète? parce qu'elle est remplie de vérités incontestables. Elle prouve qu'on prépare la chute du trône et le triomphe de la révolution; qu'on n'a jamais pris aucun des moyens nécessaires pour consolider la monarchie.

On a paru douter de cela; mais aujourd'hui le mal est tel, les intentions révolutionnaires sont tellement à découvert, et si publiquement avouées, que les esprits les plus obstinés ont été obligés de se rendre à l'évidence.

Les principes destructeurs de la monarchie sont professés par les ministres; et des écrits audacieux sapent tous les fondemens de l'ordre social.

Si donc, il est vrai que la position et la marche actuelle du gouveruement de la France conduisent au triomphe certain et prochain de la révolution, il est clair qu'on se prépare à chasser la Maison de Bourbon et à faire la guerre à l'Europe.

Dans cet état de choses, il n'y a que deux hypothèses : ou l'on abandonnerait la France à toutes les éruptions du volcan; ou l'on penserait à sauver la France de toutes ses fureurs.

En examinant la première, on conçoit que les souverains alliés qui deux fois ont versé le sang de leurs sujets pour terrasser la révolution française, soient fatigués de la voir renaître.

Dans ce terrible combat, rien n'est fait quand il reste quelque chose à faire, et nous avons assez prouvé ailleurs combien serait folle l'espérance de se rendre maître de l'incendie quand on lui aurait donné la France entière pour aliment. Enfin, qui oserait penser qu'on saurait s'en défendre, lorsqu'on n'aura pas su l'étouffer à sa naissance ?

Dans la seconde hypothèse, il faut voir quelle sera la position des alliés eux-mêmes, quand la révolution sera devenue maîtresse en France. Croient-ils rester tranquilles ? Ils savent bien qu'on ira les chercher. Quel est le chef révolutionnaire qui pourrait gouverner la France sans le prestige des conquêtes, sans l'élément de la guerre, et sans donner l'Europe à dévorer à l'avidité de ses prosélytes ?

Rien n'est exagéré dans les craintes que nous exprimons : l'avenir les justifiera toutes. Cela est évident. Mais quelles que soient les leçons de l'expérience, elles seront encore perdues. On s'endormira dans une trompeuse sécurité; on cherchera à se garantir de nos avertissemens, plutôt qu'à se garantir du danger.

Le poison du système ministériel va tout détruire ; e: la France sera embrasée sans qu'il soit possible d'éteindre l'incendie. Si au lieu de se prosterner devant la puissance révolutionnaire, les ministres se fussent attachés à ceux qui voulaient la monarchie légitime, pas de doute qu'ils l'auraient consolidée : mais ils ne voulaient pas la consolider.

Les amis de la royauté ont espéré inutilement que des intérêts mieux entendus éclaireraient le roi ; le roi, entraîné loin de toutes les doctrines monarchiques, et dans des directions tout-à-fait opposées à l'établissement du trône !

Les concessions faites à ses ennemis n'ont servi qu'à lui faire plus d'ennemis, qui par reconnaissance montrent le projet de renverser la monarchie. D'ailleurs les chemins incertains, difficiles et tortueux, conduisent au précipice : pourquoi ne pas suivre au moins la route simple qu'indique le bon sens, le sens commun et la nature des choses ?

Les royalistes sont écrasés par la conduite des ministres : ils ne demandent plus ni emplois ni honneurs. Ils savent mieux que personne qu'il n'y a point de place à désirer dans une maison qui brûle.

Le système qu'on a suivi était seul capable de ressusciter les révolutionnaires qui vont perdre la France. Cette vérité incontestable ne peut être révoquée en doute que par la mauvaise foi la plus insigne.

La morale la plus simple et la plus naturelle était, ce me semble, de confier les intérêts du trône à ceux qui ne peuvent vivre que sous le trône. On a préféré s'appuyer sur ceux qui avaient été opposés à son ré-

tablissement. Tous, jusqu'aux régicides, ont passé en
pouvoir, et ce calcul a paru le plus habile, parce qu'il
était le moins avoué par la raison et le bon sens. ,

Enfin on a pris les ouvriers les moins propres à
l'ouvrage qu'on voulait leur confier. Imaginerait-on
jamais de remettre à un zélé protestant la défense
des dogmes catholiques, et croirait-on la religion au
sécurité, si l'on choisissait des athées pour la soutenir?

Il n'est pas plus donné aux royalistes d'aimer un
gouvernement républicain ou · révolutionnaire, ou
ministériel, qu'il n'est donné aux républicains d'aimer
la royauté. On n'oppose à ces vérités incontestables que
des objections fausses et intéressées.

Par exemple : on dit que les royalistes n'étaient pas
assez nombreux, assez forts pour soutenir le trône, ce
qui est faux. Mais supposons cela ! Est-ce en les divi-
sant, en les attaquant, en les dépouillant de toute
autorité, qu'on parviendra à le maintenir? Il serait
plus vrai de dire que les royalistes n'étaient pas . assez
décidés à soutenir le ministère.

Les royalistes sont trop faibles, disent les ministres :
et tous leurs efforts s'emploient pour les affaiblir ; ils
ont même tourné contre eux leur chef naturel.

Que croire alors? que c'est la révolution et non la
monarchie qu'ils veulent consolider. Il faut beaucoup
d'ignorance ou de mauvaise foi pour compromettre
aussi cruellement un royaume comme la France.

On ose dire qu'il n'y a pas de grands hommes
d'état parmi les royalistes ! il n'est pas difficile d'en
trouver qui portent dans les affaires plus de raison,

de force et de discernement que ceux qui les dirigent
aujourd'hui.

Il ne fallait pas de grands talens pour poser le
trône sur des bases inébranlables ; il en fallait bien
plus pour le jeter sans appui et sans soutien au milieu
des passions ennemies : car il faut plus d'efforts pour
dénaturer les choses, que pour les démontrer telles
qu'elles sont.

Nous sommes arrivés à ce point, où il est presque
impossible de remédier à tout le mal qu'on a fait ; et
en ce péril, il s'agit bien plus d'éclairer la volonté du
roi, que de lui en imposer une.

Peut-être aura-t-il trop tardé à s'apercevoir que
les hommes qui dirigent ses affaires, sont en hostilité
avec les principes de la sociabilité ; que rien encore
n'a été fait dans l'intérêt de la monarchie ; que la
marche du ministère n'a rien établi qui puisse la
rassurer ; qu'au lieu de comprimer l'esprit de révolution , c'est sous leurs auspices qu'il prend un
nouvel essor.

Enfin la seule ancre de salut, au milieu de cet
orage, c'est de confier le gouvernail du vaisseau de
l'Etat à des hommes éclairés, et surtout bien intentionnés.

CHAPITRE XXIII.

Quelques vérités.

A ces époques paisibles où le gouvernement posé sur des bases solides, n'offre que peu ou point d'aspérités, il est permis à la médiocrité de briguer le ministère et d'en garder le portefeuille pendant quelques mois. Le mécanisme de chaque administration est d'avance monté.

Cet heureux ministre se soutient en disant à celui avec lequel il entre en confidence, qu'il fait des améliorations miraculeuses; il se soutient jusqu'à ce qu'il ait fait une bévue, ou qu'un incident inattendu l'oblige à céder le portefeuille et à rentrer dans sa nullité première.

Il n'en est pas ainsi d'un ministère à remplir dans un temps d'orage, où le trône éprouve des oscillations; où des plaies profondes faites à l'Etat sont encore saignantes; où l'intrigue, la malveillance, l'esprit de sédition et d'imposture cherchent à s'emparer des esprits, à les jeter dans le trouble, à provoquer les impatiences, le mécontentement et les désordres de toute espèce.

Henri IV avait près de lui Sully, son ami, son

compagnon d'armes, son bouclier contre ses ennemis, ses erreurs et ses passions.

Sully l'aida puissamment dans les immenses travaux qu'il avait à remplir, dans les périls qu'il rencontrait, et surtout vis-à-vis des piéges qu'on ne cessait de lui tendre.

Sully rendit au trône toute sa splendeur, à la puissance royale sa légitime intensité. Il mit le Monarque en mesure de pardonner à ses ennemis, et de récompenser ses amis.

Les lois reprirent leur force, les tribunaux leur pouvoir, la morale publique son ascendant, et la religion sa divine influence.

Les ruines cessèrent d'affliger les regards, les sources de la prospérité furent rouvertes, l'abondance fut répandue partout, et de sages économies remplirent le trésor public; enfin, la confiance devint universelle.

Si un Sully eut accompagné Louis XVIII, il n'eût pas remis la défense de la monarchie aux partisans de la république; ni les intérêts du trône légitime, aux courtisans de Buonaparte. Il se serait gardé de reprendre les conseillers et les agens de l'usurpateur pendant les Cent-jours; il n'eût pas fait un crime aux royalistes d'aimer le Roi; aux victimes de la terreur, d'avoir désiré le retour de la monarchie; aux hommes de bien, d'avoir maudit les brigands; aux amis de la légitimité, de porter les Bourbons dans leur cœur, et de désirer leur maintenue.

Sully n'eût point recommandé de poursuivre les

royalistes, de leur enlever leurs places, de leur dénier tout secours, de repousser leurs supplications, et de convertir pour eux le sol de la patrie en une terre d'exil et de désolation.

Il aurait bien moins consenti à ce que des serviteurs éprouvés devinssent les objets d'une accusation calomnieuse, et que, par suite de cette accusation, ils fussent jetés dans des cachots infects pendant plusieurs mois.

Il n'eût pas permis qu'on attribuât à 25 millions de royalistes, les illusions de quelques vieillards, et qu'on persuadât au prince que nul de ces 25 millions de royalistes n'est capable de défendre les intérêts de la monarchie, ni par ses talens, ni par son expérience.

Jamais Sully n'aurait souffert qu'on rendît aux assassins de Louis XVI une patrie qu'ils avaient déshonorée.

Avec quel sentiment de consternation n'eût-il pas contemplé toutes ces horreurs !!! La France menacée de subversion, le trône compromis, sa stabilité mise en problème; les gens de bien sans espoir, les factieux triomphans.

Puisse ce tableau être placé sous les yeux de celui que la fortune a mis à même de concourir à cette œuvre ! Puisse-t-il lui faire connaître la fausse route dans laquelle il s'est engagé ! Qu'il s'effraie des maux dans lesquels il a plongé sa patrie! Qu'il se détermine à changer de système, à ne paraître devant le Monarque, qu'escorté de la vérité, et qu'enflammé du désir de la faire triompher s'il en est temps encore !

CHAPITRE XXIV.

Bannis.

———

Oɴ ne pouvait pas, sans une loi, rappeler des hommes renvoyés par une loi, et qui, teints du sang du plus vertueux des monarques, ont proscrit sa famille à peine rétablie. Quel affreux renversement de principes de justice, de pudeur et de convenances!!! Quel terrible compte aura un jour à rendre celui qui a si indignement trompé la confiance du Roi, celui qui a montré un tel mépris pour la volonté nationale!

Aux approches du 21 janvier, le sort fera sortir de l'urne de la Chambre des Députés quelques-uns de ces terribles noms! Auront-ils l'affreux courage d'accepter la députation de Saint-Denis? Iront-ils verser des larmes sur la tombe de leur victime? Leur seul aspect ne fera-t-il pas fuir de ce lieu tous les bons Français.

Voilà où mène le système des concessions : il a perdu le malheureux frère de notre Roi; et n'est-ce pas se précipiter que de s'environner de tels hommes?

Aujourd'hui, comme en 1789 et 1793, on exalte les passions; on désigne les victimes; on présente la fidélité comme une félonie; on dresse des tables de proscription : les matières inflammables s'amassent, et n'attendent que l'étincelle. Que deviendra le trône isolé?

Députés des départemens, pairs de France, nous voilà encore

. . . A ces temps de vertige et d'erreur,
De la chute des rois funeste avant-coureur.

Dans cette affligeante cumulation de symptômes, toutes les espérances se reportent vers vous; y répondrez-vous, ou persisterez-vous encore dans ce sommeil de mort? La France roule sur le penchant de l'abîme, vous seuls pouvez la sauver, soyez dignes de votre mission; vous êtes entre la France expirante et quelques hommes pervertis : de quel côté ferez-vous pencher la balance? Vous pouvez vous couvrir de gloire ou d'ignominie : choisissez.

CHAPITRE XXV.

Avis au lecteur.

En 1770, Voltaire écrivait à Condorcet en ces termes : « Vous verrez de beaux jours, et cette idée égaie la fin des miens. »

Ces beaux jours sont arrivés; la philosophie a renversé le trône et l'autel; six membres de la famille royale sont morts par le fer ou le poison; la hache ré-

volutionnaire n'a rien respecté ; le quart de la population française a péri dans l'exil, les batailles, ou sur
l'échafaud, et Condorcet lui-même, poursuivi, s'est
coupé la gorge pour échapper à la main du bourreau.

Voilà les beaux jours qu'avait annoncés Voltaire à
son cher Condorcet ; voilà les lumières de d'Alembert,
de Diderot, d'Helvétius, de Mirabeau, de Necker,
de Bailly, de Barnave, de Danton, de Sieyes, de Marat et Robespierre, du Directoire, des Consuls, de
Buonaparte lui-même, avec les modifications nécessaires au pouvoir despotique.

La tempête s'est apaisée comme par miracle, et, du
milieu des orages, le reflux a rapporté sur nos bords le
trône des Bourbons et son légitime héritier.

La France avait une bonne leçon ; elle avait parcouru le cercle de tous les vices, de toutes les folies, de
tous les attentats, de tous les désordres, de toutes les
horreurs et de tous les crimes ; elle fut encombrée de
ruines et de doctrines révolutionnaires, destructives de
tout ce qu'il faut rétablir.

En prenons-nous les moyens ? Est-ce aux mains
teintes du sang royal qu'il faut confier la culture des
lis ? Est-ce aux ennemis du trône de nos pères qu'il
faut en confier la garde ? L'année 1815 répond à ces
questions.

Sentinelles vigilantes du trône, faisons entendre un
cri d'alarme salutaire à la personne qui l'occupe ; aver-
tissons-la, signalons les trahisons ou les inepties des
dépositaires de son pouvoir.

CHAPITRE XXVI.

Du Ministère.

———

Veut-il la Charte, ce ministère, qui, créé pour soutenir la monarchie, ne protège que les doctrines et les intérêts révolutionnaires?

Que sont les révolutionnaires? Des monstres qui se nourrissent de cadavres, de dépouilles, d'incendies, de massacres et d'échafauds.

L'ancien ministre de l'Intérieur est tombé; le nouveau poursuit sa carrière sans songer au néant des grandeurs humaines. On dit qu'il ne veut pas une révolution. Et qu'importe qu'il la veuille ou ne la veuille pas, si son système y conduit!

Gens de bien, qui doutez encore, interrogez les signes précurseurs des révolutions. Ministre, je vois qui tu places, je ne te demande plus qui tu es.

Ne voyons-nous pas chassés des fonctions civiles, militaires, administratives, judiciaires, tous les amis de la monarchie! Bientôt on demandera au postulant: Qu'as-tu fait contre les Bourbons, pour prétendre à un emploi?

Non contens d'éloigner la fidélité, les ministres se réjouissent toutes les fois qu'un royaliste éprouve une injustice. Ils courent tête baissée à leur ruine; les rouages de la machine menacent de se briser. C'est une chose inexplicable, que de voir tant d'hommes, éclairés sur les faux principes qui nous guident, ne rien faire pour en arrêter les effets!

Dans l'impossibilité de faire plus mal que le ministère renversé, on s'amuse à destituer des préfets; on les fait courir comme des estafettes. Le tour des sous-préfets est arrivé; on en va offrir quelques douzaines en holocauste aux indépendans, afin de conserver leur appui une semaine de plus. On dira aux destitués : « Si vous aimez la royauté, vous deviez être bien las du métier qu'on vous faisait faire : que regrettez-vous de vos places? »

Les destitutions continuent au ministère de la guerre; elles tombent sur les officiers qui ont donné le plus de gages à la royauté légitime. En changeant les officiers, on change l'esprit de l'armée. Il faut signaler le péril; il est grand, il est imminent : puisque nous aurons, par la loi des élections, une Chambre démocratique, tâchons du moins de conserver la monarchie dans l'armée : ne donnons pas des bras à la tête révolutionnaire.

Il est d'autant plus urgent de veiller à ce danger, que le venin démocratique se glisse partout. On ne se cache plus; le système effronté marche tête levée : dire le contraire, c'est nier l'évidence.

CHAPITRE XXVII.

Sur le même sujet.

PÉRISSE la France, disent quelques nigauds, plutôt
que d'être heureux et tranquilles sous un Roi légitime;
et, au lieu de rendre au Ciel des actions de grâces
pour avoir sauvé le vaisseau de l'Etat battu par tant
d'orages, à peine est-il rendu au port, qu'on provoque
la colère céleste par des imprécations et des blasphèmes.

Pour moi, je suis épouvanté quand je réfléchis sur
la conduite des ministres ! Si j'étais maître je les trai-
terais comme Assuérus traita Aman. Les Titus, les
Antonin, les Marc-Aurèle, soutinrent Rome languis-
sante, en luttant contre la corruption de leur siècle,
et l'univers proclame leur bonté. Les Caligula, les Commode, qui suivirent leur siècle corrompu, n'ont été
que des monstres.

Ni les hommes, ni les circonstances n'ont manqué à
la France pour être sauvée, mais bien la politique qui
les met en œuvre. Presque toutes les difficultés étaient
vaincues, quand le Gouvernement a donné l'exemple
d'une faiblesse qu'il serait impossible de comprendre si
on n'avait soin de l'expliquer. Comme un vaisseau
battu par la tempête, la France a vu de près le rivage,
et la voilà qui s'en éloigne de nouveau, pour s'engloutir à jamais.

La révolution qui se réveille tombait d'elle-même si le gouvernement ne se fût jeté dans les bras des amis de cette révolution, qui n'embrassent le gouvernement que pour l'étouffer.

La faction qui depuis vingt-cinq ans désole la France, s'est aperçue de cette faute, aussitôt elle s'est emparée des ministres : abattue par ses crimes, elle s'est relevée par leur vanité.

Les conséquences d'une semblable faute sont incalculables. Persécuteurs de quiconque est resté fidèle, les ministres admettent les principes de la révolution; en attendant qu'elle leur impose ses couleurs.

CHAPITRE XXVIII.

D'un Ministre.

« Il faut considérer, avant d'agir, a dit Gracian;
« qu'on vous regarde ; il faut penser que tout se
« saura ; que les parois écoutent, et que les mauvaises
« actions creveront plutôt que de ne pas sortir. » Les parois ont écouté, les mauvaises actions sont sorties : tout est entendu; tout est connu, tout est vu : les faits accusateurs vont parler.

Ce n'est que pour fouler aux pieds les intérêts de Tibère, que le perfide Séjan abusait du pouvoir qu'il

5

avait sur son maître. Cet homme dont le cœur était sec, dont l'esprit était petit, et dont l'ame était corrompue, s'efforçait de prouver, chaque jour, aux ennemis de son roi qu'il y avait tout à perdre et rien à gagner à se montrer fidèle.

En France le système ministériel n'a pas été inventé pour sauver la monarchie. La plus scandaleuse, la plus manifeste de toutes les preuves de l'alliance entre lui et la révolution, c'est celle dont toute la France vient d'être le témoin, et qu'elle a peine à croire encore : le retour des régicides.

La révolution a une soif d'hydropique pour les garanties; il n'en reste plus qu'une à lui donner; mais celle-là ne peut être demandée que par la révolution en personne, c'est le trône des Bourbons, le trône vivant, la place de notre roi.

Sont-ils donc si formidables, ces hommes de la révolution, à qui le seul système ministériel a rendu le souffle et redonné l'existence? En voulez-vous la preuve? Une parole monarchique est sortie de la bouche du roi, à la séance royale du 4 décembre; aussitôt la révolution a pâli, le révolutionnaire a tremblé.

Il n'est donc pas vrai que l'esprit révolutionnaire soit dans la France; il n'y est plus que dans ces jongleurs qui trompent le monarque et ne trompent plus que lui.

CHAPITRE XXIX.

Le fond des choses.

Tout ministère qui s'empare du monopole de la pensée, et qui emploie son influence sur les journaux pour débiter des sottises et des mensonges à une nation, annonce par cela même, qu'il a des intentions hostiles. S'il marchait franchement, il n'aurait pas besoin de justifier les mesures qu'il prend ; l'opinion publique s'en chargerait. C'est ainsi que les choses se passent en Angleterre. Les ministres n'y ont pas à leur solde une foule de petits sophistes corrompus, chargés, à tant la page, de faire l'esprit public ; c'est-à-dire de le tromper.

Le journal des Débats, qui restait impatiemment sous la main du ministère, fut obligé de recevoir un long et lourd article ministériel destiné à nous faire comprendre ce qu'il y a de bon dans l'ordonnance du 5 mars 1819, qui crée des pairs par soixantaine.

Par cet article, on a supposé les Français aussi ignorans que s'ils étaient tous ministres.

Les pairs nommés par le ministère ne représentent que l'opinion du ministère qui les a choisis, et dans le cas contraire on en nommerait d'autres. On pourrait aller jusqu'à former une chambre de sourds-muets de naissance, sans que cela fût contraire à la charte.

Le ministère vient de tenter le coup le plus imprudent qu'il fût possible de risquer. Il payera un jour cette tentative de sa tête.

Quand les choses en sont là, les événemens marchent vite : il suffit d'avoir étudié l'histoire pour n'avoir aucun doute à cet égard. Qui de nous ne sait pas que Robespierre est tombé dans une situation semblable?

Le temps est venu de dévoiler le système ministériel. Il marche à la destruction de nos libertés, en s'appuyant sur des factieux qui l'étourdissent d'applaudissemens pour lui ôter la faculté de regarder en arrière.

Aujourd'hui on brise la majorité qui s'était formée dans la Chambre des Pairs, croyant en être quitte pour un article ridicule dans le journal des *Débats*; on la brise d'une manière si étrange, que les personnes qui ont un peu de prévoyance dans l'esprit, ont refusé d'y croire jusqu'à ce qu'elles aient entendu crier dans les rues la liste des personnages très-connus que le roi vient de nommer Pairs; car c'est ainsi que la police permet qu'on annonce à son peuple l'événement le plus sérieux qui se soit entamé depuis 1814.

Pairs nouveaux, il vous manquera beaucoup dans l'opinion tant qu'on pourra nommer le ministère qui vous a faits : le jour où vous l'aurez renversé sera celui où votre possession sera assurée.

CHAPITRE XXX.

Revenons au Ministère.

L'ANTIQUITÉ trouvait que l'homme de bien aux prises avec l'adversité était un spectacle digne de fixer les regards des dieux. Il est un spectacle plus intéressant encore, c'est celui d'une nation entière, luttant contre quelques factieux; et opposant le calme de la raison à leur inconcevable ignorance.

Pauvres successeurs des apôtres de la révolution! tout votre échafaudage d'intrigues s'écroule devant le bon sens, devant le sourire du mépris. Vous jouez devant des spectateurs qui sont tous dans le secret des coulisses; l'illusion est détruite.

On a prouvé aux ministres, que leur conduite passée ne peut inspirer aucune confiance pour l'avenir; qu'ils n'ont jamais rien fait de bon, et on leur fait beaucoup de grâce en n'accusant que leur défaut de lumières; car je crois qu'on pourrait accuser aussi leur défaut de conscience. C'est ainsi que l'Europe entière jugera l'augmentation en masse de la Chambre des Pairs.

Lorsque le ministère nous dit que nous étions libres de parler avant que la mission fût accomplie, il déraisonne comme à son ordinaire. Nous ne sommes pas les conseillers du ministère : nous laissons cet emploi à la *Minerve*. Nous proclamons la vérité dans l'intérêt de la France. Pour le ministère, nous sommes convaincus qu'il est aussi sourd à la vérité, que nous sommes insensibles aux injures qu'il nous fait prodiguer à cause des fautes qu'il fait et que nous expliquons.

CHAPITRE XXXI.

Extrait du *Courrier*, journal anglais.

LA création de soixante Pairs a produit dans l'esprit des Anglais une commotion plus grande encore qu'en France.

« Il serait alarmant de supposer, dit le *Courrier*, que la monarchie française soit dans une position qui rende nécessaire d'appeler de tels hommes à son secours. Ils n'ont pas été jusqu'à présent ses amis ; ils ne l'ont pas été au jour de la nécessité : où sont donc les preuves de leur conversion ? Peut-on croire que des hommes qui ont déserté la cause royale en 1815, soient attachés à la monarchie en 1819 ?

« C'est un spectacle affligeant que de voir la monarchie des Bourbons cherchant sa protection dans le sein de la révolution, et reconnaissant, par cet acte, que la royauté légitime est réduite à la dure nécessité d'implorer le soutien de ses ennemis.

« Il est actuellement bien prouvé que c'est la révolution qui a triomphé, puisque l'on récompense et comble de dignités ceux qui ont trahi en 1815.

« On les appelle pour aviser aux moyens de consolider le pouvoir. Pourquoi donc a-t-on condamné, fusillé le maréchal Ney et Labédoyère? pourquoi a-t-on prononcé la condamnation de La Valette?

« Nous vivons dans un temps merveilleux. Qui aurait dit, il y a six ans, que Buonaparte serait captif dans nos mains, et que Louis XVIII serait sur le trône de France? Qui aurait prédit, il y a quatre ans, que les plus chauds partisans des Cent-Jours seraient appelés autour de la personne royale, comme le moyen de prévenir quelque grand danger?

« Cette mesure, ajoute le *Courrier*, produit ici une émotion mêlée d'effroi, et qui n'est tempérée que par le ridicule. »

On assure qu'un Anglais est mort dans des ris convulsifs et continuels, en apprenant qu'on pouvait nommer soixante pairs d'un seul coup. On n'entendait que ces mots : *Etrange nation ! rien de sérieux pour elle.*

Le système ministériel est si à découvert, depuis son alliance avec les factieux, qu'à cent lieues de la capitale, comme au sein de Paris, tout le monde devine le parti qu'on veut tirer de l'événement le plus étrange.

Mais que les royalistes soient confians. Il faut, pour perdre la France, plus de talens que n'en ont ceux qui s'en mêlent.

CHAPITRE XXXII.

De l'expérience.

Pourquoi l'expérience, source de sagesse, est-elle perdue pour l'homme qui gouverne? S'il n'en était ainsi, il s'arrêterait sur le bord de l'abîme qui menace de l'engloutir. Le sort qu'on a déjà éprouvé, ne devrait-il pas servir de leçon pour empêcher celui qui est réservé, si on s'obstine à suivre la même route?

Henri IV pardonna quelques ligueurs, sans pardonner la Ligue. Il poursuivit sans relâche les restes de cette faction, bien moins redoutable que la faction révolutionnaire.

Sous le bon Henri, on a pendu, brûlé, roué de fort bons gentilshommes; et qui avaient fait moins que d'entretenir contre lui une correspondance privée, et d'avoir mis dans le pouvoir ses plus grands ennemis.

Malgré ses nombreux actes de sévérité, Henri IV passe pour un très-bon prince. Il savait que justice et bonté peuvent fort bien aller de compagnie; il ne confondait pas la clémence et l'impunité.

Il ne faut pas trop compter sur la fortune : tout annonce que celle de M. D.... sera de courte durée.

C'est en vain qu'il a tenté et tentera de diviser la famille royale; c'est en vain qu'il confie le pouvoir aux libéraux, aux traîtres qu'épouvante l'aspect du trône légitime.

CHAPITRE XXXIII.

Des révolutionnaires.

LES révolutionnaires cèdent aux royalistes l'honneur des hauts faits. A les entendre, ce sont les royalistes qui ont fait le 14 juillet, les 5 et 6 octobre, le 21 juin, le 10 août, les 2 et 3 septembre, le 21 janvier, le 23 octobre, le 13 vendémiaire, le 18 fructidor.

Qui a brûlé les châteaux? les royalistes. Qui a fait mourir Louis XVI, la Reine, madame Elisabeth, le Dauphin, etc., etc.? les royalistes. Qui a rappelé Bonaparte? les royalistes. Qui a commis tous les crimes de la révolution? les royalistes.

Il faut donc les chasser de tous les emplois civils et militaires, sitôt qu'on connaît ou qu'on soupçonne leur opinion. Si dans la révolution on a coupé la tête, les bras et les jambes aux royalistes, c'est leur faute; que ne se laissaient-ils faire doucement? tout se fût passé à merveille.

Un voleur assassin, sur la grande route, fut traduit

à une Cour d'assises. Le président lui dit : vous avez assassiné, tel jour, le postillon de la malle. — Non, Monsieur, répondit l'assassin, c'est lui-même qui s'est tué, remarquez que le coup est par derrière. Trois fois je lui ai crié d'arrêter, et au lieu de m'écouter, il a mis ses chevaux au galop ; vous voyez que si je l'ai tué, ce n'est pas ma faute ; il n'avait qu'à faire ce que je lui disais. On eut l'injustice et la cruauté de condamner à mort un homme qui raisonnait si bien.

Ainsi, on accuse les royalistes d'avoir perdu la royauté ; et l'on donne pour raison qu'ils devaient laisser faire.

CHAPITRE XXXIV.

Des alarmes du Ministère au sujet de la proposition de M. de Barthélemy.

La politique moderne ressemble à une science, comme la physique des escamoteurs ressemble à la physique des savans. Qu'un Ministre défende une loi à la rédaction de laquelle il a participé, qu'il regarde son œuvre comme impossible à perfectionner, rien de plus simple ; la vanité peut siéger partout, même sur le banc des ministres : mais qu'avant de connaître les modifications, on cherche à entraver les votes, voilà ce que j'appelle du charlatanisme.

Ce ne sont pas des raisons qu'on oppose, ce sont des menaces, au nom du peuple, avant qu'il sache de quoi il est question. On nous parle d'opinion publique, d'esprit public; et ce n'est que l'écho des intérêts et des passions de quelques êtres corrompus, investis d'autorité.

Pour moi, je conviens que les ministres ont dû apercevoir un danger réel, évident, effroyable, celui de n'être plus ministres. M. D.... a pu voir dans le vœu de la Chambre des Pairs, un acte de sa déchéance: il s'est emporté, il a tort : dans ces sortes de cas, il vaut mieux entrer en accommodement; car on peut être fort, actif, alerte, roué et honoré d'une faveur particulière, sans pouvoir, avec tout cela, faire changer de couleur les boules d'un scrutin, surtout à la Chambre des Pairs, où le ventre n'est pas la plus grande portion du corps.

Quel que soit le résultat de la proposition, ma conclusion sera la même, et j'espère que l'on conviendra, avec moi, qu'il serait honteux, pour une nation éclairée par l'expérience et le malheur, de se laisser duper par des jongleurs politiques, au point de croire que l'intérêt particulier d'un Ministre représente les intérêts de cette nation.

CHAPITRE XXXV.

Lanjuinais.

Ce noble comte, qui a déclaré Louis XVI coupable, et qui est pair de France sous Louis XVIII; le noble comte Lanjuinais qui a présidé le tripot des Cent-Jours, où il protesta de son dévouement à Bonaparte, et qui est Pair de France sous Louis XVIII, devrait, pour l'honneur de l'habit qu'il porte, éviter dans ses discours à la Chambre des Pairs, des ressemblances avec ceux qu'il prononça à la Convention.

Chambre des Pairs, 2 mars 1819.

« Les ennemis de la Charte ont assemblées secrètes, cocarde particulière, armée secrète, etc. »

Moniteur du 18 mars 1793.

« Il se manifeste des symptômes affligeans de contre-révolution. Ce sont les émigrés, les prêtres insermentés qui s'agitent en tous sens. Je demande que la loi contre les émigrés leur soit appliquée, etc. »

Un membre se lève, et crie avec indignation : « La mesure proposée par Lanjuinais est insensée, indigne d'un être pensant et bien intentionné. »

Quel est le conventionnel si raisonnable, si humain, que révoltait le sanguinaire Lanjuinais? C'était Marat; oui, Marat donnait une leçon de modération et de philantropie, dont M. le comte, Pair de Louis XVIII, ne paraît pas avoir profité.

Si ce bon M. Marat n'était pas mort, il aurait peut-être encore, cette fois-ci, rappelé à l'ordre son ancien collègue.

CHAPITRE XXXVI.

Sur l'Espagne.

Les libéraux, les indépendans, les jacobins français, ne trouvent pas la France un champ assez vaste pour leur moisson satirique; ils portent au dehors leur critique envenimée. Ferdinand VII est plus particulièrement leur point de mire; ils le jugent avec amertume.

Le jeune roi d'Espagne, n'a fait absolument que ce qu'il devait faire. De retour dans sa patrie, il sentit qu'il n'était pas de la dignité d'un roi de recevoir la loi de ses sujets, ne daigna même pas jeter les yeux sur l'acte constitutionnel qu'on lui présenta. Il le mit dans sa poche, sans répondre à la députation des Cortès qu'il fit arrêter.

Le peuple espagnol applaudit à cet acte de fermeté : les partisans de la Charte révolutionnaire sont atterrés, et poltrons comme le sont tous les conspirateurs, lors-

qu'au lieu de crainte on leur montre de la vigueur ; lorsque des mesures fermes sont préférées à des ménagemens
qui ne démontrent que la pusillanimité, défaut capital
dans un homme d'Etat ; ces partisans, loin de montrer
la moindre opposition, cèdent à l'empire de la raison.

Ce premier acte de fermeté sauva l'Espagne. Au
même instant Ferdinand se montra capable de régner,
c'est-à-dire de punir et de récompenser. Il condamne
le crime et récompense la vertu. Il sait que dans le
pacte qui unit les peuples aux monarques, si les premiers doivent des services, les seconds doivent des récompenses ; il ordonne qu'on lui fasse connaître tous
les actes de dévouement, et tous les sacrifices qui ont
été faits pour sa cause.

Rien n'est sans intérêt pour lui ; et il prouve que si
la reconnaissance disparaît de la terre, on doit l'aller
chercher dans le cœur des rois. Ferdinand s'attache
surtout à récompenser la fidélité, qui souvent, dans un
autre pays, n'est qu'un titre de défaveur. Quel encou-
ragement pour l'homme, quelle confiance pour le souverain, dans cet échange des services et des récompenses !

Ferme dans ses volontés, sans oscillation dans sa
conduite, Ferdinand a appelé près de lui des personnes
propres à le seconder. Il n'a pas cru qu'il fût dangereux
d'employer les royalistes qui avaient défendu sa couronne ; il ne l'a pas livrée à ceux qui l'avaient com-
battue. Il a donné toute sa confiance aux premiers, et
a mis les seconds dans la position de faire oublier leur
égarement.

Convenons donc que Ferdinand, loin de flotter entre des systèmes politiques, suit avec calme, persévérance et énergie, le gouvernement de ses pères; et que sa conduite ferme et loyale le comble d'honneur et de gloire, en même temps qu'elle relève l'Espagne de la décadence dans laquelle elle était entraînée.

CHAPITRE XXXVII.

Création de soixante Pairs de France, en mars 1819.

Le procès entre le ministère et l'opinion publique était jugé sans retour. Pour s'opposer à l'exécution de la sentence, le ministère vient de lever une armée; et à défaut de raison, il a cherché des mains dociles; et il prétend, par ce moyen, faire dominer dans l'urne de nos destins politiques la couleur qui convient à ses intérêts.

Ainsi, pour obtenir une majorité artificielle, on emploie l'artifice le plus grossier. L'Europe entière est appelée à juger de la détresse où se trouvaient nos régens politiques, par la nature des moyens auxquels leur désespoir les a forcés de recourir.

Dans notre Chambre des Pairs, la majorité anti-ministérielle était de 94 contre 58. Si les nouveaux pairs votent avec les ministres, ceux-ci auront une

majorité de 24 voix. Si, sur les 60, 13 se réunissent à
la majorité précédente, cette majorité sera contre le
ministère. Le ministère a prévu cette chance, et, pour
la parer, il se dispose à faire une seconde fournée.

Qu'on parcoure la liste des nouveaux élus, et on se
rassurera sur les suites de cette mesure. On y verra des
noms qui seraient surpris de se trouver ensemble, si
l'on n'était accoutumé depuis long-temps aux dispa-
rates de ce genre.

Nouveaux pairs, vous venez d'être placés au som-
met des dignités. C'est à vous à prouver que vos nouveaux honneurs ne furent pas acquis aux dépens de
votre gloire. Dans le chemin que vous allez parcourir,
faites perdre de vue la porte par laquelle vous êtes en-
trés. Songez que vous n'êtes considérés que comme des
poids jetés dans une balance où le ministère se trouvait trop léger ; et vous savez que pour un semblable
usage, le plus vil des métaux équivaut au plus précieux.

Les ministres ont parlé de dangers : dites-leur que
les plus redoutables viennent de leur impéritie, etc.

CHAPITRE XXXVIII.

Cours de M. Tissot, l'un des rédacteurs de la *Minerve*.

J E n'avais pas encore entendu d'orateur de club; j'en vis hier un parfait modèle dans M. Tissot professeur au collége de France. J'ai pensé qu'il serait curieux et important de recueillir les phrases de ce chef de nos Indépendans; elles feront connaître aux amis du trône, jusqu'à quel point est déjà parvenue l'audace de ses plus ardens ennemis. Voici deux de ses phrases, telles qu'il les a prononcées dans sa tribune:

« Napoléon se levait à trois heures du matin; tandis que les rois, ensevelis dans leur pourpre, attendent jusqu'à neuf heures que leurs courtisans viennent les avertir qu'il est temps de se lever. »

L'auditoire a senti tout ce qu'il y a d'indécent et d'amer dans ce rapprochement aussi faux qu'injurieux. Voici un trait plus hardi. Après avoir chanté les louanges de l'usurpateur, M. Tissot ajoute:

« Vous voyez bien que moi, je ne suis pas bon à grand'chose : je suis si lourd, si pesant; je ne puis pas vous être de grande utilité; mais soyez tranquilles, j'ai là des alliés à mes ordres, etc. etc. »

C'est ainsi que M. Tissot commente les vers de Virgile. Chacun saisit aisément l'injurieuse allusion.

6

Il est temps de corriger de semblables effronteries.
Jamais, sans le malheureux ministère, on n'aurait mis
en évidence de tels hommes, des hommes qui devraient
au moins être plongés dans le fleuve de l'oubli. Jamais,
sans le système ministériel, on n'aurait vu pulluler autour du gouvernement l'engeance révolutionnaire.

CHAPITRE XXXIX.

Lettre du comte B., ex-chambellan de Buonaparte, et
l'un des indépendans de 1819, à M. le lieutenant-général,
comte F., compris dans l'ordonnance du 24 juillet.

Encore une victoire, mon cher ! nous gagnons tous
les jours du terrain ; et maitres des positions avancées,
c'est au cœur de la place que nous porterons bientôt
nos coups. Qui osera mettre en doute aujourd'hui la
toute puissance, et l'éternelle jeunesse de la révolution ?

Richelieu voyage en France. Il est toujours bon de
la connaître, même quand on n'a pas su la gouverner.

Imaginez-vous une redoute emportée, dans laquelle
le vainqueur fait filer ses troupes ; (Chambre des Pairs)
un semblable succès est inouï ; on en donne toute la
gloire à l'ancien ministre de la Police.

Vous comprendrez toute l'importance de ce nouveau
succès, c'est ce que vous appelez, vous autres, cou-

ronner les hauteurs. La révolution, ainsi placée jusque
dans les institutions de nos ennemis, devient inex-
pugnable; et bientôt, je l'espère, de nouvelles élections, etc.

Le peuple va recouvrer ses droits, nous allons réveiller ce souverain endormi, et lui mettre, malgré lui,
le sceptre en main. La Garde trouble encore le sommeil de nos amis. Quelques ultras en sont déjà sortis;
mais il ne faut pas s'en tenir là. Il est écrit que rien ne
sauvera nos ennemis; le pouvoir nous reviendra;
comptez sur un meilleur avenir.

En attendant nous échauffons les partis, nous agi-
tons, nous fouettons pour faire mousser; nous donnons de la philosophie aux moustaches, et des moustaches à la philosophie. La *Minerve* continue à faire
beaucoup de bien. Jamais la démagogie ne ●●ta sur
de plus hautes échâsses.

Je vous ai souvent ouvert mon cœur; les révolutions
ne me plaisent qu'à leur déclin, quand elles s'enve-
loppent de la pourpre. Oh! Curius, je ne veux ni de
ton écuelle, ni de tes pois chiches; mais je suis pour la
couronne et les aigles de César. Adieu, vénérable banni,
adieu encore une fois, donnez-nous des nouvelles d'Allemagne, je vous en donnerai des régions australes.

Tout à vous,

Le comte B....

CHAPITRE XL.

Mélanges.

———

Le public a vu avec plaisir que M. Pasquier, en ces-
sant d'être Garde-des-Sceaux, voulait oublier les affaires de ce monde, pour ne s'occuper que de littéra-
ture. Tout rempli de ses nouvelles études, il a fait
l'éloge de la monarchie constitutionnelle; il lui a ap-
pliqué des vers de Lefranc de Pompignan, qu'il a dé-
clamés à la tribune avec une grâce qui rappelait la
manière si séduisante de mademoiselle Mars :

> e Dieu, poursuivant sa carrière,
> rse des torrens de lumière
> Sur ses obscurs blasphémateurs.

Comme il n'y a plus de ministre de la police, on
ignore de quel dieu M. Pasquier a voulu parler. Quant
aux blasphémateurs, M. Manuel a cru devoir répondre.
Il a pris la parole pour vanter la liberté, et il a appli-
qué tout chaud, à cette déesse, d'un ton qui rappelait
la manière de Talma, les mêmes vers que M. Pasquier
venait de citer. Les tribunes ont applaudi, sans doute
à cause de la nouveauté.

Dans cette discussion, deux gardes-des-sceaux ont
saisi l'occasion de montrer à la France qu'ils ne con-
naissaient pas le Code Civil. M. Corbière, qui est
obligé d'être instruit parce qu'il ne court pas la car-

rière de la haute administration, a été réduit à leur donner une leçon de droit ; à leur apprendre que nous avons des lois sur les substitutions. Monsieur le garde-des-sceaux en exercice en a remercié M. Corbière en l'appelant *savant jurisconsulte* : il ne pouvait l'appeler son collègue, la distance était trop grande.

M. le comte de Saint-Aulaire, en voulant faire des réputations, a perdu celle qu'il avait autrefois dans le monde. Il avait entrepris la tâche difficile de faire à la fois l'éloge de M. le duc de Richelieu, et l'éloge de M. le comte Decazes. Il a dit que ce qui prouvait le mérite de M. de Richelieu, c'est que personne n'en disait du mal ; et que ce qui prouvait le mérite de M. Decazes, c'est que personne n'en disait du bien. On peut choisir entre ces deux manières d'obtenir une récompense.

Toute cette discussion, à l'occasion d'une récompense, demandée en faveur d'un ministre, par ceux qui se sont réjouis de son éloignement, n'a offert que des contrastes que M. Cornet-Dincourt a fait ressortir avec tant de finesse et tant d'esprit, qu'on peut affirmer que son discours durera plus que le majorat de M. de Richelieu. La récompense est viagère ; ce n'est qu'une pension assignée sur le résidu des biens nationaux ; résidu qui offre sept ou huit cimetières, quelques églises abandonnées, quelques morceaux de prés que des émigrés n'ont pas réclamés.

Nous avons parlé de la première insurrection des élèves du lycée Louis-le-Grand. Vendredi dernier, on sut qu'il y avait une nouvelle insurrection ; elle éclata

en effet à minuit, avec tous les accompagnemens nécessaires pour motiver l'appel d'un commissaire de
police, et de la gendarmerie : ce qui a toujours bonne
mine dans une maison d'éducation. Cette fois, il s'agissait du rappel des bannis : rien n'est plus dans les règles;
l'intérêt pour les bannis est aujourd'hui de rigueur. Il
semble que la justice divine force les consciences à s'é-
crier : « Nous ne valons pas plus les uns que les autres ;
pourquoi donc punir quelques-uns ? »

Il paraît que la tranquillité se rétablira dans le
lycée, quand tous les élèves seront renvoyés pour cette
cause, et les maîtres pour la cause contraire. Les mesures qui ont été prises pour apaiser cette nouvelle insurrection, donnent la flatteuse espérance que bientôt
on sentira l'avantage de ne faire qu'un seul corps des
inspecteurs de Gendarmerie et des inspecteurs de
l'Université.

CHAPITRE XLI.

Du nouveau *Times*, 12 et 15 avril.

On attribue aux libéraux d'Italie connus sous le nom
de Carbonari, le complot d'empoisonner l'empereur
d'Autriche. Il est très-probable, en effet, que ce
sont eux qui avaient conçu cet horrible attentat.
Une observation, trop juste et fâcheuse pour le libéralisme de nos jours, est que partout les progrès de ce

système sont marqués par un penchant au meurtre et à l'assassinat.

« Robespierre était libéral; on sait quel torrent de sang il fit couler dans Paris. Fouché était libéral; il envoya par centaines les Lyonnais à la boucherie. Buonaparte était libéral; il fit étrangler Pichegru . fusiller le duc d'Enghien et tant d'autres. Nous venons de voir le jeune Sand, qui est libéral, assassiner Kotzebue, et les Carbonari, qui sont libéraux, comploter l'empoisonnement de l'empereur d'Autriche.

« Les simples assassins sont moins criminels que les assassins libéraux, parce qu'ils excitent au meurtre. Le plus coupable est sans contredit le ministre français, qui depuis trois ans, fait composer, imprimer et répandre des écrits tendant à corrompre l'opinion publique en France et dans d'autres pays. L'indignité de cette conduite est encore aggravée par la haute situation dans laquelle se trouve le personnage dont il s'agit. C'est un ministre du roi légitime de France, qui sape journellement le trône de son maître par les doctrines des écrivains qu'il soudoie avec l'or de la nation française.

« Tout le monde est convaincu que dans peu la vie d'aucun souverain ne sera sans danger, si l'affreux système de corruption dont nous parlons n'est bientôt anéanti, si le principal fauteur et propagateur de ce système ne subit le châtiment qu'il mérite.

« M. Decazes paye des imposteurs aussi ignorans qu'effrontés pour vanter la révolution française, pour affirmer que tous les rois sont des tyrans; et il affecte, par l'organe des mêmes mercenaires, son étonnement de ce qu'en Allemagne et en Italie, certaines gens raisonnent et agissent d'une manière conforme à ses principes.

« Hier, en parcourant l'inimitable discours de Cowley sur le gouvernement de Cromwell, je remarquai le passage suivant :

Tantôt il conduit les affaires de l'État par un parlement de deux chambres ou d'une seule, qu'il dissout et recompose à son gré; la fantaisie lui vint d'augmenter le nombre des pairs, et il en créa 70 à la fois. Ce n'est pas seulement la plus mauvaise argile, mais la boue même qui est choisie et façonnée en vases d'honneur, pour mieux manifester la toute-puissance du potier.

Quel rapport entre le protecteur Cromwell, et le ministre tout puissant Decazes !

CHAPITRE XLII.

Effets que produit le caractère des rois.

Le caractère d'un Roi décide de l'opinion d'un royaume. Saint-Louis eut l'inspiration d'une croisade, et l'opinion fut pour les croisades. Henri IV défit les ligueurs, et l'opinion se prononça contre la ligue,

Louis XIV aima la piété; Bossuet et Fénélon fleuri-
rent sous un règne pieux. Lorsque Louis XV eut le
malheur de tolérer les écarts de la philosophie moderne, Voltaire et Rousseau, Diderot et d'Alembert
écrivirent et l'opinion s'égara. En 89, Mirabeau, Barnave, etc., etc., achevèrent de la corrompre; l'antique monarchie fut ébranlée; en 93 elle succomba.
Plus tard, et sous un Directoire avili, on s'imagina que
la France était devenue république.

Bientôt après, Buonaparte parut; il était usurpateur,
il dut être despote. Enfin Louis XVIII nous fut rendu;
il vint accompagné des princes et de Madame; c'était
le retour des vertus et des grandeurs exilées! De ce
moment, l'opinion monarchique, l'opinion en faveur
de la légitimité, l'opinion française reprit ses droits.
Un homme, dont le nom seul comporte une satire, dont
le nom seul est une diffamation, parut, et les ennemis
des Bourbons et du repos de l'Europe, morts et en-
terrés pour ainsi dire, ressuscitèrent et devinrent plus
forts et plus audacieux que jamais.

Il leur donne tout le pouvoir, et non-seulement il
leur accorde le privilége de proclamer des doctrines
subversives; mais il ajoute la protection et même les
distribue pour son propre compte. Il ranime tous les
élémens du désordre et de la sédition, il fait prévaloir
les droits du parjure et de la trahison. Chez lui la fidélité est un titre de proscription, la seule vertu consiste
à être l'ennemi de la monarchie légitime.

La *Minerve* le gourmande quelquefois; mais elle a
tort. Personne n'a plus de titres à sa reconnaissance ;

personne n'a donné plus de garanties aux libéraux. Son ordonnance du 5 septembre; ce qu'il a fait sur les élections; l'affaire de Lyon; la prétendue conspiration royaliste; le rappel des régicides; les doctrines des journaux censurées; la chaleur avec laquelle il s'est opposé à toute modification à la loi des élections; la nomination de soixante pairs; son système d'éloigner tous les amis du trône, et de donner tout le pouvoir à ses ennemis; sa proposition au Roi et à Monsieur d'abdiquer en faveur du duc d'Angoulême auquel il aurait conseillé de répudier Madame, et puis..... etc., etc. Les libéraux, les jacobins, les républicains, les bonapartistes, les MM. de la *Minerve*, les ennemis des Bourbons seraient des ingrats, s'ils osaient se plaindre de M. D....

CHAPITRE XLIII.

M. de Serre, ministre de la justice.

UNE révélation effrayante vient d'être faite à la France et à l'Europe par M. de Serre! « Toutes nos « assemblées prétendues représentatives ont été saines, « sans en excepter la Convention qui a tué le Roi. »

Le côté gauche a applaudi. Une voix s'est élevée à côté de M. Daunou pour crier bravo. M. Daunon seul a frémi, parce que ces événemens lui sont présens. Il faut avoir vu les crimes d'un œil bien indifférent pour les oublier, et il faut un certain degré d'audace pour calomnier une nation entière au bénéfice de quelques bandits.

La Convention n'était pas sous les poignards le 21 janvier, lorsqu'elle a égorgé Louis XVI. Elle a consommé le crime au milieu de Paris consterné, de la France en pleurs ; et si un poignard a brillé ce jour-là, c'est sur le cœur d'un régicide. (Pelletier de Saint-Fargeau, assassiné par Paris.)

L'éloge de la Convention, émané du ministre de la justice, offre une étrange garantie aux opprimés !

En vérité, ce n'est pas ce peuple à qui vous imputez l'assassinat du Roi et les crimes de la Convention, ce n'est pas lui qui sème aujourd'hui des germes de confusion et de mort; je dirai plus, c'est lui qui les étouffera ! Ne l'accusez plus, quand il est si près de vous punir.

CHAPITRE XLIV.

Sur la liberté de la presse.

———————

D'APRÈS la nouvelle loi on ne pourra plus blâmer la conduite des ministres, sans encourir les peines de diffamation ; car il est impossible de démontrer qu'un homme n'est pas propre à sa place, sans diminuer la considération de cet homme.

Le premier effet de cette loi sera d'étouffer la voix de l'opprimé, de réduire au silence les défenseurs de la légitimité, de rendre muets le bon sens et la raison.

Si nous avions à la tête des affaires de véritables hommes d'Etat, les écrivains pourraient se hasarder encore à leur adresser des vérités utiles ; mais on sait que les hommes médiocres prennent les conseils pour des injures ; on sait que rien n'est plus irascible que les petits génies. On se taira. Il sera même prudent de ne nommer personne ; car il est tel nom qui équivaut lui seul à une diffamation.

Quand on voudra blâmer nos hommes d'Etat, on paiera une amende, qui servira à acheter une douzaine de suffrages. Moyen ingénieux de fortifier la puissance des ministres ! Les sommes provenant des diffamations seront consacrées à la pâture du ventre, de ce ventre si recommandable, qui, lorsqu'il est repu, se soucie fort peu d'apprendre que les autres parties du corps languissent sans nourriture.

On ne veut pas qu'il soit permis de dire que tel conventionnel est un régicide, que tel général est un traître, que tel pair est un parjure. Malheur à celui qui osera dire la vérité, ou qui sera assez maladroit pour consulter sa conscience.

Au reste, les auteurs du projet de loi n'ont pas tout prévu. Nous les avertissons d'une lacune. Il est vrai que le vice respirera plus librement, puisqu'il sera défendu de le livrer au blâme et au ridicule, mais il y aura toujours un moyen de le faire pâlir; il suffira de prononcer devant lui l'éloge de la vertu, de la loyauté, du dévouement et de la fidélité. La défection et la félonie s'en irriteront : c'est un malheur qu'on ne peut empêcher.

On a remarqué que les députés du côté droit n'avaient rien dit sur cette loi ! depuis le discours de M. de Serre, ils pensent qu'il est inutile de parler.

Le ministre de la justice a dit à la tribune de la Chambre des députés, que l'ordonnance du 5 mars qui crée 60 pairs, a eu pour objet de neutraliser une opposition dans la Chambre des pairs. Si les ministres ont pu neutraliser une opposition dans la Chambre qui doit les juger, ils pourraient y neutraliser aussi une accusation, et dès lors plus de responsabilité des ministres, plus de garantie dans l'observation des lois, et sans cette garantie plus d'intérêt à faire des lois.

Une chose peut surprendre encore, a dit M. le général Donadieu, c'est de voir des hommes s'occuper à faire des lois, comme s'il y avait des lois pos-

sibles dans un pays où tout ce qui fonde la société humaine est détruit.

Qu'est-ce qu'une loi sur la diffamation de la canaille ? la voici : « Je suis cause de la mort de votre père , me dira le jacobin, alors que le roi errait une seconde fois sur la terre d'exil : cela est vrai ; mais vous me diffamez en le rappelant, et vous serez en conséquence condamné à aller gémir dans les cachots ; tandis que , sous la protection légale, je foulerai joyeusement à mes pieds les cendres de votre famille. »

Il est donc vrai de dire que la nouvelle loi sur la liberté de la presse est déplorable ; et que les députés royalistes ont eu raison de n'y prendre aucune part. Un ministre doit être, comme tout autre citoyen, protégé dans sa vie privée et dans ses mœurs domestiques ; mais tout ce qui appartient à son existence publique est du domaine de l'opinion. Or, quand on dira qu'un ministre est incapable, que son système perd la France, qu'il repousse les hommes dont la fidélité est reconnue, pour employer de préférence ceux qui ont trahi leurs sermens, y aura-t-il diffamation ? Les journaux de l'opposition prodiguaient les injures à M. Pitt : M. Pitt répondait à ses ennemis par ses talens et par la prospérité de l'Angleterre ; il laissait en paix les écrivains.

Parmi nous la médiocrité prise sur le fait, sentant la justesse des accusations et des reproches, conservera-t-elle le même calme ? non sans doute , elle entrera en fureur, et trouvera diffamation là où il n'y aura que vérité. Si l'on pose en principe que tout fait, lors même qu'il est prouvé , peut être diffamatoire, que devient la liberté de la presse? Il y a tel homme qu'on n'osera plus appeler de son nom de peur d'être mis en jugement.

Mais cette diffamation substituée à la calomnie, n'est pas une sauvegarde aussi sûre qu'on l'imagine. Comment un homme, dont on aura mentionné les actes, viendra-t-il dire devant les tribunaux : « Un tel m'a diffamé, parce qu'il a rappelé mon discours, mon vote, ma proclamation, mon serment, ma conduite, mon action à telle époque?

Ou le demandeur soutiendra que ce qu'il a fait est bien, ou il déclarera qu'on le diffame en citant ce qu'il a fait. Or, s'il soutient que ce fait est bien, le défendeur lui répondra : « de quoi vous plaignez-vous? puisque vous dites que j'ai parlé d'une chose, qui selon vous, honore ? « Si le plaignant prétend, au contraire, qu'il y a diffamation, l'accusé répliquera : « comment osez-vous avouer que votre action est diffamante ? c'est vous qui vous accusez ; c'est vous qui m'apprenez ce que j'ignorais. »

On voudrait la liberté de la presse pour attaquer la religion et la royauté ; dès qu'il s'élève quelque défenseur des saines doctrines , le despotisme révolutionnaire jete le cri d'alarme. Cette loi uniquement dirigée contre les feuilles royalistes, est le complément d'un système que bientôt les honnêtes gens ne pourront plus combattre que par le silence et le mépris.

CHAPITRE XLV.

Indifférence en matière de Religion.

Nous allons joindre ici un petit extrait de cet ouvrage, qui a quelque rapport au système ministériel ; il suffira pour donner une idée des hautes vertus et des rares talens de l'auteur.

« Le siècle le plus malade n'est pas celui qui se passionne pour l'erreur, mais le siècle qui néglige, qui dédaigne la vérité. Il y a encore de la force et par conséquent de l'espoir, là où l'on aperçoit de violens transports : mais lorsque tout mouvement est éteint, lorsque le pouls a cessé de battre, que le froid a gagné le cœur, qu'attendre ? qu'une prochaine, et inévitable dissolution.

« En vain l'on voudrait se le dissimuler, la société en Europe s'avance rapidement vers ce terme fatal. Les bruits qui grondent dans son sein, les secousses qui l'ébranlent ne sont pas le plus effrayant symptôme qu'elle offre à l'observateur ; mais cette indifférence léthargique, ce profond assoupissement où nous la voyons tomber : qui l'en tirera ? Qui soufflera sur ces ossemens arides pour les ranimer ? Le bien, le mal, l'arbre qui donne la vie et celui qui produit la mort, nourris par le même sol, croissent au milieu des peuples qui, sans lever la tête, passent, étendent la main, et saisissent leurs fruits au hasard.

« Religion, morale, honneur, devoirs, les principes les plus sacrés comme les plus nobles sentimens, ne sont plus qu'une espèce de rêve, de brillans et légers fantômes qui se jouent un moment dans le lointain de la pensée, pour disparaître bientôt sans retour. Non, jamais rien de semblable ne s'était vu, n'aurait pu même s'imaginer. Il a fallu de longs et persévérans efforts, une lutte infatigable de l'homme contre sa conscience et sa raison, pour parvenir enfin à cette brutale insouciance....

« Un État privé de l'appui de la religion, chancelle d'abord comme un homme ivre, et rentre ensuite dans la fange. Quand je considère les chimères et les folies qu'on lui substitue, j'éprouve je ne sais quelle indicible pitié pour l'espèce humaine....

« Ceux qui ne veulent pas de religion en France, y veulent de nouvelles révolutions. Nous ne savons que trop le bonheur qu'elles procurent; et si on s'y trompe aujourd'hui, ce ne sera pas du moins faute d'expérience....

« Pour peindre la révolution française, cette scène épouvantable de forfaits, de dissolution et de carnage, cette orgie de doctrines, ce choc confus de toutes les passions, ces proscriptions, ces fêtes impures, ces cris de blasphême, ces chants sinistres, ce bruit sourd du marteau qui démolit, de la hache qui frappe les victimes, ces détonations terribles et ces rugissemens

7

de joie, lugubre annonce d'un vaste massacre, ces cités veuves, ces rivières encombrées de cadavres, ces temples et ces villes en cendres, et le meurtre et la volupté, et les pleurs et le sang ; pour peindre, dis-je, toutes ces horreurs, il faudrait emprunter à l'enfer sa langue, comme quelques monstres lui emprun-tèrent ses fureurs.

« Ils ne pardonnèrent ni à la naissance, parce qu'ils étaient sortis de la boue ; ni aux richesses, parce qu'ils les avaient long-temps enviées ; ni aux talens, parce que la nature les leur avait refusés ; ni à la science, parce qu'ils se sentaient ignorans ; ni à la vertu, parce qu'ils étaient couverts de crimes ; ni enfin au crime même, lorsqu'il annonça quelque espèce de supério-rité.....

« Entreprendre de tout ramener à leur niveau, c'était s'engager à tout anéantir. Aussi, dès-lors, gou-verner, ce fut proscrire, confisquer, et tuer.

« Au milieu de ces ruines, les princes du désordre, saisis d'une terreur soudaine, reculent épouvantés, comme si le spectre du néant leur eût apparu. Vain-cus d'effroi, et debout sur le cadavre palpitant de la société entière, ils proclament en hâte l'existence de l'Etre-Suprême et l'immortalité de l'âme. Je m'arrête ; qu'ajouterais-je à cet exemple mémorable ?.....

« Où est l'homme sans entrailles que n'attendrit ja-mais la beauté de la morale évangélique ? Quelle pu-reté et quelle profondeur dans ses préceptes ! quelle perfection dans ses conseils ! quel touchant amour de l'humanité ! quelle onction ! quelle douceur aimable

dans ses maximes ! comme elles vont droit à l'âme !
La paix, la félicité en sont le fruit. Elle unit, elle console, elle prévient ou répare les maux de la nature et
de la société. Le ciel descendrait sur la terre, si on
l'observait fidèlement....

« La philosophie est belle, dites-vous; mais elle
ne console point. Qu'importe la beauté d'une machine au malheureux qui est broyé entre ses rouages? »

Nous ne dirons rien de ces morceaux; ils sont
au-dessus de l'éloge.

CHAPITRE XLVI.

Principes royalistes.

L A longue tragédie, intitulée *Révolution française,* ne
sert de rien; la lumière même des Cent-Jours n'est pas
instructive! Pour s'en convaincre, on n'a besoin que
d'ouvrir les yeux. Les injures, les calomnies, la proscription des royalistes, prouvent que la révolution
marche toujours; et le système ministériel n'est pas
une ancre de salut pour la monarchie légitime. L'autel
a prouvé qu'il se soutenait sans le trône : le trône ne
saurait se soutenir sans l'autel; car si tous les Français
n'ont pas oublié leur Roi, c'est parce que tous les Français n'avaient pas oublié leur Dieu.

La monarchie des enfans de saint Louis ne peut s'affermir que sur les bases de la religion : les révolutionnaires le pensent tous. Le ministère , leur allié , se
garde bien de proclamer à la tribune la religion catholique comme religion de l'Etat ; il l'appelle morale
publique. Qu'est-ce que la monarchie veut donc que
ses ennemis fassent de plus pour elle ? Ils l'avertissent
eux-mêmes de leurs desseins et de ses dangers.

C'est sous le drapeau ministériel que les hordes anti-
religieuses et anti-royales attaquent ouvertement la
religion et la monarchie. Apostats , beaux esprits, esprits forts , hommes à sabre, hommes de plume , vieux
ou jeunes , mâles ou femelles , tout fait nombre dans la
milice conspiratrice , libérale , ministérielle ; mais leur
audace fait toute leur force.

Pour qu'ils triomphent , ils ont besoin que la masse
de la nation soit mise à leur niveau ; mais leur niveau,
c'est le lit de Busiris ; leur libéralisme, c'est son hos-
pitalité. La masse de la nation les repousse ; la masse
de la nation ne demande à la monarchie que la per-
mission d'être royaliste et chrétienne. Voilà tout ce
qu'elle demande à la monarchie ; voilà tout ce que les
prétendus ministres de la monarchie refusent à la masse
de la nation , parce que les ministres sont aujourd'hui
des révolutionnaires , en attendant qu'ils soient leurs
dupes.

Quelle est donc la démence de ceux qui veulent
fonder le Gouvernement dans l'absence de la religion ?
Aucun homme de bien ni de bon sens ne s'y méprend
plus aujourd'hui. Toutes les insultes faites à la religion

sont calculées, commandées, payées. La faction gou-
vernante n'est anti-religieuse, que parce qu'elle est
anti-monarchique. Elle manquerait à ses engagemens
de complicité, si elle faisait quelque chose pour soutenir l'autel ou le trône. Dieu préserve les ministres que
ce crime peut leur être reproché, dans l'exercice du
pouvoir que la confiance royale a mis malheureuse-
ment dans les mains de ses plus grands ennemis.

La faction révolutionnaire, dans son impiété et son
orgueil, a juré anathême aux ministres de la religion ;
et, par le plus inconcevable de tous les malheurs, les
ministres de la faction sont les ministres de la monarchie légitime.

En vain la religion en deuil, la France chrétienne
dans les larmes, demanderaient-elles une existence civile pour le clergé, cette pétition, exprimant les
vœux des cœurs droits et des sujets paisibles, serait
d'abord repoussée par les préfets, sentinelles avancées
de la triple alliance ministérielle, révolutionnaire,
libérale, qui n'en a pas laissé debout un seul, sans
qu'il fût homme de ses doctrines. Si, trompant leur
vigilance, la supplique arrivait jusqu'à la tribune nationale, elle y recevrait l'injure d'un ordre du jour,
ou l'affront d'un renvoi au ministre, complice de la
faction qui ne veut pas de religion catholique, parce
qu'elle ne veut pas de roi légitime.

Le système ministériel n'a pas rougi d'abandonner
à la révolution toute la puissance de l'instruction publique ; et c'est ainsi que la jeunesse *pensante*, *réfléchis-*

sante, agissante, oublie ce qu'elle doit à son Dieu, à son Roi, à la société, à sa famille, à elle-même.

Tous les desseins de la conspiration ministérielle sont découverts ; et quand les coupables ne devraient plus que se soustraire au châtiment, ils exécutent leurs mesures. Quel sera le sort de la France, quand ils auront enseveli la religion, conservatrice de la monarchie ? « Il ne sera pas nécessaire que Dieu déploie sa « foudre et son tonnerre ; le ciel pourra se reposer sur « la terre du soin de le venger et de la punir. Entraîné « par le délire et le vertige de la nation, l'Etat tombera, « se précipitera dans un abîme d'anarchie, de confu- « sion , de sommeil, d'inaction, de décadence et de « dépérissement. »

Le P. de NEUVILLE.

Qu'importe que de telles vérités soient peu respectueuses envers un ministère, fédéré déhonté de la révolution; envers un ministère coupable, puisqu'il ne veut régner qu'avec elle ou par elle : ces vérités, il les mérite; qu'il les souffre de la part de ceux qui ne le craignent pas, parce qu'ils ne craignent que Dieu. Le ministère est tout puissant, puisqu'il brise ce qui ne plie pas ; mais c'est vainement qu'on nous menace au nom du Roi, près duquel on nous calomnie : tout fidèle défenseur de la religion et de la monarchie ne pliera jamais devant leurs ennemis ; et pour notre Dieu, pour notre Roi, nous vaincrons, ou nous mourrons debout.

CHAPITRE XLVII.

LA FIDÉLITÉ MALHEUREUSE.

Anecdote récente.

———

La nature m'avait doué de quelque énergie; dans un âge encore voisin de l'enfance, je fus privé de l'abri du toit paternel. Expiant, par l'exil, le tort d'une naissance dont j'ignorais encore les funestes priviléges; errant, avec les débris des races fidèles, sur une terre étrangère, j'ai défié vingt ans le malheur, et j'ai subsisté du travail de mes mains.

Un sentiment consolait alors de l'infortune; on était glorieux de partager le sort de ses maîtres persécutés; et l'espérance versait de temps en temps sa douce rosée sur nos maux.

Aujourd'hui, cette dernière compagne du malheur nous a abandonnés. Nos vœux ont été exaucés, mais nos souffrances nous restent. A l'époque de la restauration, j'accourus du fond de l'Europe; je fus assez heureux pour donner des preuves utiles de mon zèle; on me vit dans les rangs aux jours du danger. Consacré tout entier à la défense de la monarchie, j'ai consommé en quelques mois le fruit de dix ans de travail et d'économie. Je n'ai demandé pour récompense qu'un

très-petit emploi ; j'ai été repoussé de toutes parts.
Sans appui, sans ressourses, et désormais privé de
toute espérance, que me reste-t-il à désirer ? La mort.

Plongé dans ces tristes réflexions, je m'étais appuyé
sur le parapet d'un pont, et mes yeux étaient fixés
sur le cours de la Seine. Ses eaux, grossies par les
pluies, semblaient favoriser mon dessein ; le jour était
près de finir, je résolus de finir avec lui. Je mesurais,
d'un œil tranquille, la hauteur que j'allais franchir ;
et je me mis à marcher à grands pas en attendant l'obscurité, qui devait dérober ma dernière action aux regards des hommes. Ma raison égarée ne m'avertissait
plus que j'allais commettre un crime ; mais je ne sais
quoi au fond de ma conscience me criait d'éviter le
scandale.

Tout à coup je fus tiré de ma rêverie par le bruit
de l'enclume d'un forgeron. Mes idées reprirent alors
un autre cours : je me rappelai comment, dans le fond
de l'Allemagne, je trouvai autrefois un moyen de subsister dans le travail de la forge. J'ai des bras, me dis-
je, de la force, du courage ; pourquoi me laisserais-je
accabler par l'injustice ? Soyons plus forts que ceux
qui m'oppriment.

Je fus à la forge ; je pris un marteau et place parmi
les ouvriers ; ils s'aperçurent que je possédais cette
dextérité que donne l'habitude ; le maître me consi-
dérait avec étonnement. Mes habits offraient les ves-
tiges d'une aisance passée ; mes mains n'étaient point
calleuses. La surprise augmenta quand j'offris mes
services, mais elle fit place à l'intérêt lorsque j'expli-

quai ma situation ; les conditions furent bientôt accor-
dées ; dès le même soir, je fus installé dans mon nouveau poste. Le maître me conduisit dans une maison
voisine , où il me fit donner une petite chambre.

La maison que j'allai habiter est l'une des plus anciennes du quartier. Depuis un siècle, devenue la
propriété d'un logeur, elle est occupée par 50 ou 60
locataires dont la plupart ignorent le matin s'ils dîne-
ront dans la journée. Cette triste demeure présente
partout l'aspect de l'indigence ; deux chaises boiteuses,
une table dont le tiroir avait disparu, une cruche
ébréchée et un vieux coffre composaient tout mon
ameublement. •

Sur le palier communiquant à ma chambre, je rencontrai, dès le premier jour, un soldat assis sur la
pierre, et raccommodant, avec du cuir, sa jambe de
bois, acquise à la bataille d'Austerlitz. La franchise
des camps se peignait sur sa physionomie. Nous fîmes
connaissance. Nous fûmes bientôt liés par un échange
mutuel de petits services. Le soir nous mettions en
commun notre repas. Il allumait ensuite sa pipe ; je
lui lisais quelques fragmens de mon manuscrit sur les
campagnes de Prusse ; et j'étais quelquefois surpris des
corrections que son bon sens m'indiquait.

Au bout de quinze jours, j'avais oublié l'injustice
des hommes ; avec l'habitude du travail, j'avais recouvré le sommeil et la santé. Oh ! combien j'étais fier
alors d'avoir surmonté le désespoir !

Rentrant un soir, après le travail de la journée, je
rencontrai sur l'escalier mon invalide, dans une situa-

tion tout à la fois comique et touchante. Une petite
fille de sept ans, toute en larmes, se pendait à son habit, et ne voulait pas s'en détacher. Il cherchait vainement à la consoler dans son langage énergique; je me
joignis à lui, et tout ce que nous pûmes tirer de l'enfant, furent ces mots : Venez, venez; grand'papa veut
mourir ! Encore un malheureux, m'écriai-je ! Ils ne
sont pas rares dans cette maison, dit le soldat; mais
allons voir celui-ci.

Nous montâmes un étage. L'enfant nous conduisit
dans une chambre aussi mal ornée que la mienne; à la
faible lueur d'une lampe, nous vîmes un vieillard d'une
excessive maigreur, assis dans un fauteuil délabré. A
notre aspect, il voulut se lever, mais il retomba sur
son siége. Nous approchâmes, et j'entrepris de lui
adresser quelques paroles de consolation, en m'infor-
mant de son état. Hélas ! nous dit-il d'une voix faible,
si vous êtes sensibles, ayez pitié de cet enfant qui depuis hier endure la faim. A ces mots, je descendis pré-
cipitamment, m'emparai de nos provisions, et revins
les offrir aux infortunés.

A cette vue, le vieillard prit l'enfant par la main.
Ma fille, lui dit-il, nous ne mourrons point aujour-
d'hui. Adorez Dieu, et remerciez ces étrangers.
L'enfant se mit à genoux, et joignit ses petites mains.
Pendant ce temps, mon cœur oppressé ne me permet-
tait pas de parler, et le soldat essuyait les larmes qui
tombaient sur sa moustache.

La petite fille se mit à manger, puis s'endormit sur
les genoux de son aïeul. Pendant que celui-ci prenait

quelques alimens, je le considérai avec plus d'attention. Le grand âge et la misère n'avaient pas altéré la
noblesse de ses traits. Ses vêtemens usés rappelaient
une condition élevée; et ses manières annonçaient une
belle éducation. Ma curiosité était excitée; il s'en aperçut, et me dit : Je n'ai point d'intérêt à cacher mon
nom. Je suis le comte de C...., et vous voyez ici les
derniers restes d'une famille nombreuse et opulente.

A ces mots, je m'inclinai; mon père s'honorait de
votre amitié, dis-je au vieillard. Il fut l'un de vos
compagnons d'armes. Qui donc êtes-vous ? reprit-il
en me considérant. Je dis mon nom; je racontai les
traverses que j'avais essuyées. Je ne cachai point la funeste résolution que j'avais formée, ni l'état que j'exer-
çais. Le vieillard me tendit la main. Jeune homme,
me dit-il, vous avez éprouvé l'ingratitude, vous avez
donc suivi la cause de l'honneur? Asseyez-vous, écou-
tez-moi; quand vous aurez appris mes malheurs, vous
rougirez peut-être au souvenir du désespoir qui s'était
emparé de vous; vous connaîtrez des infortunes plus
grandes que les vôtres; des infortunes que rien n'égala
sur la terre, si ce n'est l'injustice de ceux qui laissent
à la mort le soin de finir nos misères, et au ciel le soin
de les récompenser. Nous nous assîmes, et M. le comte
commença son récit en ces termes.

« A l'époque où le vertueux Louis XVI abandonna
son palais, que ses gardes fidèles inondaient de leur
sang, je quittai l'armée des princes, j'accourus à Paris.
Mes biens étaient confisqués : il me restait quelques
sommes que j'avais réunies pour assurer la subsistance

de ma famille.Je les consacrai à l'exécution d'un projet que j'avais formé pour la délivrance de la famille royale. Je fus trahi par un homme en qui j'avais placé ma confiance, et je fus jeté dans les fers ainsi que ma famille. Le 2 septembre arriva : ô jour d'épouvantable mémoire ! je reposais seul dans une chambre de la prison ; tout à coup un bruit affreux me réveille ; j'entends qu'on m'appelle ; je crois reconnaître la voix de mes enfans : je vole ; je vois des hommes demi-nus, couverts de sueur, brandissant des armes ensanglantées. A leurs pieds est un monceau de cadavres ; je les regarde ; je m'écrie : mes enfans ! mon frère ! et je tombe sans connaissance sur leurs corps inanimés.

« Lorsque je revins à moi, je me trouvai dans les bras d'un fossoyeur. Je n'avais qu'une blessure légère, mais j'étais tout couvert de sang. Cette circonstance peut-être avait trompé les bourreaux ; peut-être aussi ma terrible infortune avait-elle excité la pitié de quelques-uns de ces hommes féroces. Quoi qu'il en soit, je fus sauvé, et conduit dans un asile où je luttai plusieurs mois contre une fièvre ardente. A peine rétabli, je m'empressai de quitter la France ; j'emmenai avec moi le dernier de mes fils, trop jeune encore pour comprendre ses malheurs. Mon frère laissait une orpheline au berceau, dont la naissance avait coûté la vie à sa mère : je l'emmenai aussi, et je sortis de France au milieu d'embarras et de périls de toute espèce. Je déposai ces chers enfans chez un honnête bourgeois de Fribourg en Suisse, qui eut la générosité de s'en charger jusqu'à des temps meilleurs, et je rejoignis l'armée, où je fus lbessé dans trois combats. Hors d'état de servir davantage, je vécus plusieurs années de charités.

« Enfin je rejoignis mon fils à Fribourg; il était dans son adolescence. La nature l'avait heureusement pourvu d'intelligence et d'industrie ; il parvint à se créer une occupation lucrative : notre existence fut adoucie. Ma nièce était ornée de vertus et d'attraits; ils avaient grandi ensemble : l'amour resserra les liens de la nature ; je bénis leur union : vous en voyez ici l'unique fruit. Pauvre enfant! »

L'infortuné vieillard essuya une larme, et poursuivit : « La naissance de ma petite-fille, l'amour de mes enfans, une vie paisible, une existence modeste, consolaient ma vieillesse. Après tant d'orages, je me croyais destiné à fermer les yeux doucement dans les bras de ma famille, en la laissant heureuse sur la terre: fatale illusion !

« Le descendant de nos Rois vint reprendre le sceptre de ses aïeux; tous les souvenirs de ma fidélité se réveillèrent. Je dis à mon fils : Notre Roi revient dans sa grande famille; tous ses fidèles serviteurs doivent accourir autour de lui : lorsqu'il s'agit de le féliciter ou de le défendre, aucun Français ne saurait être de trop. Mon fils n'avait jamais résisté à mes moindres désirs : nous quittâmes la Suisse pour revenir à Paris. Je me présentai; je parlai de mes services, on me répondit par un sourire de pitié. J'entrepris de faire reconnaître mes titres : celui qui fut chargé de les examiner se trouva être le même homme qui m'avait trahi à l'époque du 10 août. Je reconnus ce misérable sous les broderies qui le couvraient, et je me retirai avec indignation.

« Je versai mes douleurs dans le sein de mon fils. Abandonnons, me dit-il, une terre ingrate; retournons chez ce peuple hospitalier qui du moins honora vos vertus et récompensa mon travail. Nous partîmes. Déjà nous approchions des frontières, lorsque l'homme de l'île d'Elbe débarqua en Provence. Je m'arrêtai sur-le-champ, et je dis à mon fils : L'injustice elle-même ne peut nous repousser; abandonner le Roi lorsqu'il est menacé, serait une lâcheté. Mon fils se dirigea vers le Midi, où il fut tué. Sa veuve mourut à cette fatale nouvelle. Pour moi, je sens que les sources de ma vie sont épuisées; encore quelques jours, et j'irai me réunir à mes chers enfans. »

Le pressentiment du malheureux vieillard se réalisa: au bout de quinze jours il n'était plus. Au moment d'expirer, le comte voulut que je misse ma main dans la sienne, et que je promisse de ne pas abandonner sa petite-fille. Je le promis; alors il prit dans son sein la partie émaillée d'une croix de Saint-Louis, dont l'entourage avait été vendu dans sa détresse, et il me dit : « Jurez sur ce signe de l'honneur de lui servir de père! » Je jurai avec enthousiasme, et je vis briller un dernier rayon de joie sur la figure de l'agonisant.

Je remplirai ma promesse; tant que mes bras conserveront de la vigueur, l'innocente créature qui m'a été confiée ne mourra pas de faim. Lorsque j'aurai pu réunir quelques économies de mon travail, je m'occuperai de rendre à ce dernier rejeton d'une famille illustre le rang que tant de malheurs lui ont enlevé. A cet effet, je m'embarquerai avec ma fille adoptive pour Alger ou Maroc; là, je raconterai la gloire de ses ancêtres, et les malheurs qui entourèrent son berceau; j'offrirai aussi pour elle mes propres services, et j'ai l'espoir d'être accueilli; car on dit que, dans ces gouvernemens barbares, on tient encore quelque compte de la fidélité.

CHAPITRE XLVIII.

Esprit des Ministres.

CHAQUE ministre suit un chemin qui ne peut le conduire qu'à de grandes erreurs : ce serait une chose utile de savoir combien il faudrait de sots ministres pour composer un ministère d'esprit. Nous savons à merveille combien il faut de ministres d'esprit pour former un pauvre ministère.

On se rappelle que M. le ministre des affaires étrangères n'a pas été très-heureux dans son discours sur *l'agitation qui marche*. On a vu avec un étonnement mêlé d'effroi, M. de Serre, garde des sceaux, repousser d'abord le mot *religion* de nos lois, et faire ensuite l'éloge de cette Convention qui condamna Louis XVI à l'échafaud, rejeta l'appel au peuple, institua le tribunal révolutionnaire, commanda les mitraillades de Lyon, les noyades de Nantes, l'incendie de la Vendée, ordonna le massacre des prisonniers de guerre, décréta la loi des suspects, mit la reine en jugement, et envoya à la mort madame Elisabeth.

La France voit avec épouvante qu'on ne va à rien moins qu'à la replonger dans des révolutions; que les hommes qui depuis trente ans font tous ses maux, recommencent à agir et à écrire, et que la conséquence de ces déclamations éternelles contre la religion, les prêtres et les nobles, serait de nous ramener au règne de la fraternité et de la mort.

Il serait temps de mettre un terme à cette révolution si féconde en crimes : par quelle fatalité cherche-t-on à en perpétuer l'esprit ?

Faut-il sacrifier la France à M D.... ou M. D... à la France ? voilà la question. Il est facile de voir que chaque jour de son administration est un coup de poignard pour la monarchie légitime.

CHAPITRE XLIX.

Plus d'indifférence.

———

Lorsque l'édifice social menace ruine de toutes parts, lorsqu'autour de nous tout est confusion, incertitude et démence, et que l'autel et le trône ébranlés jusque dans leurs fondemens, paraissent prêts à s'écrouler avec un fracas épouvantable, conçoit-on qu'il existe des hommes qui voient avec indifférence se préparer ces scènes d'horreur dont ils doivent eux-mêmes être les victimes!

Mais, dira-t-on, vous semez l'alarme; la position de la France est meilleure que vous ne le dites. Les hommes en place aujourd'hui sont intéressés à maintenir le pouvoir qui les élève et les soutient.

Ce serait avoir de bien faibles notions sur les hommes et sur les choses, ce serait vouloir se refuser tout-à-fait à l'évidence, et je me flatte de le prouver.

Pour qu'une monarchie subsiste, il faut des institutions monarchiques, et nous n'en avons pas. Pour que la religion reprenne dans les cœurs son salutaire empire, il faut que ses dignes ministres soient respectés, et on les outrage indignement. Pour que le peuple rentre dans la ligne du devoir et de l'obéissance,

8

il ne faut pas faire de continuels, appels à ses passions, il ne faut pas lui répéter aujourd'hui les discours
qui ont amené 93. Pour que la morale publique s'af-
fermisse, il ne faut pas récompenser le crime, la trahison, la félonie, et punir la fidelité, le zèle et le dévouement. Enfin, pour consolider en France le règne
de la dynastie légitime, il ne faut pas confier son salut
à ses ennemis les plus mortels et les plus déclarés.

Mais on assure perfidement ou bêtement, *que c'est*
le seul moyen de les conquérir. Écoutons ce que dit
à ce sujet un partisan des idées libérales, un philosophe,
un censeur virulent de la religion et des gouvernemens
légitimes.

« Si nous observons les hommes qu'on a taxés avec
« raison de violer leur foi et leur serment, nous trou-
« vons qu'ils ne se sont jamais arrêtés à leur premier
« parjure. Ils se sont acheminés, peu à peu, à se faire
« un usage de la trahison. Ils ont réduit le crime en art
« et en science, et ont couvert du nom de politique
« leur mauvaise foi. Funeste aveuglement qui, sous le
« voile d'une précaution affectée, cache la fourberie ,
« le parjure et la dissimulation ! »

N'est-ce pas là l'histoire passée, présente et future
des hommes du jour ? J'ajouterai que le crime ne pardonne jamais à la vertu; que les révolutionnaires ne
pourront jamais s'accommoder du gouvernement légitime qu'ils ont proscrit en 1792 d'une manière si
horrible, et en 1815 avec tant d'impudence. Ils res-

sentent une haine invétérée pour tout ce qui est bon ;
juste et honnête ; pour tout ce qui tend à consacrer
des principes conservateurs, parce qu'ils ne peuvent
se dissimuler que le triomphe de ces mêmes principes
est leur condamnation. *Ecrasons l'infâme* ; voilà leur
cri de ralliement ; le but de leurs efforts.

Lorsque par leurs ordres et sous leur horrible domination, l'échafaud régicide était en permanence ;
lorsqu'ils faisaient couler à grands flots le plus pur
sang des Français ; ils ne parlaient que d'humanité.
A cette époque, comme aujourd'hui ; le Roi fut pro-
clamé restaurateur de la liberté française : un an après ;
ils le conduisirent à l'échafaud.

Oui, le trône est menacé d'une chute terrible ; oui ;
la France est menacée de perdre son antique religion ;
oui, tous les élémens de discorde et d'anarchie sont
réunis sur nos têtes. Le pouvoir est sans force, ou
plutôt la force du pouvoir est usurpée. Toutes les
places sont envahies par les éternels artisans de nos
troubles. On s'empresse de destituer tous ceux chez
lesquels on reconnaît de l'attachement pour la légitimité et surtout pour l'hérédité. On colporte dans les
villes et dans les campagnes les pamphlets les plus
incendiaires ; on cherche à armer toutes les passions
contre des hommes dont le grand crime ; le crime im-
pardonnable, irrémissible, est d'avoir versé leur sang
et sacrifié leur fortune pour la cause royale. Exemples
vivans de tout ce que la vertu et le malheur ont de plus
sublime et de plus touchant, objets d'une ingratitude
sans exemple, abreuvés d'injustices et de mépris, ils

conservent leur noble caractère, et ont constamment
sous leurs yeux cette devise admirable : *fais ce que
dois, advienne que pourra.*

Nos ennemis se servent aussi très-habilement de
cette maxime de La Rochefoucault ; ils disent que
ceux qui ont tout sacrifié pour le Roi, sont les ennemis du Roi ; et, non-seulement ils le disent, mais ils
le prouvent par des conspirations royalistes sorties de
leur fabrique.

Amis de l'autel et du trône légitime, réveillez-vous :
un même intérêt, un intérêt sacré doit vous réunir ;
sortez de ce lâche engourdissement qui vous perdrait,
et perdrait avec vous votre chère patrie. Du calme et
de la prudence, mais de la force et de l'énergie ; mon-
trez un accord unanime de courage comme de sentiment. Rien n'est perdu encore. Encore le Roi légitime est dans son palais, ses augustes héritiers sont
là. Nous avons un point de ralliement de plus que
nos devanciers dans la carrière de l'honneur, profi-
tons-en.

P. S. Sans doute les feuilles révolutionnaires, suivant leur
coutume, donneront une fausse interprétation à cet article ;
elles diront que nous sonnons le tocsin, que nous prêchons
la guerre civile, etc., etc. Elles savent bien que telle n'est
pas notre intention, que nous ne pouvons en avoir qu'une
bonne. N'importe, la calomnie est souvent une arme victo-
rieuse ; elle n'est donc pas à négliger. Toutefois, pour prévenir le jugement de nos ultras-libéraux, nous dirons qu'il
est écrit : *Celui qui tirera l'épée, périra par l'épée.*

~~~~~~

CHAPITRE L.

La Garde royale.

BEAUCOUP de gens disent aujourd'hui, la garde royale est la dernière ressource du trône. A Dieu ne plaise que nous estimions assez peu une nation pour tenir ce langage et admettre une telle proposition !

Non, la garde royale n'est pas la dernière ressource du trône, elle en est au contraire le premier rempart, et c'est aussi contre elle que se dirigent tous les efforts de la faction qui veut la renverser.

Qu'il faille entourer le trône d'une garde formidable, c'est là une vérité trop universellement sentie, pour qu'il soit besoin de longs raisonnemens pour la démontrer ; et cette nuit funeste que vint éclairer un jour plus funeste encore ; et cette journée d'odieuse mémoire, où un signe d'opprobre fut placé sur une tête auguste ; et ce jour enfin, où un monarque infortuné fut arraché pour jamais du palais de ses pères, de ce palais que ses yeux devaient revoir une fois encore, mais de loin.... et au moment de se fermer pour toujours.... ; certes ces époques sanglantes parlent plus haut que de vains discours, et le langage des faits n'est pas facile à réfuter.

Mais si les leçons de l'histoire étaient perdues, nous ferions entendre les paroles mêmes de ce malheureux Roi, paroles auxquelles une funeste expérience donne une si déplorable autorité aujourd'hui. Ce sont deux lettres qu'il écrivit à peu d'intervalle l'une de l'autre ; mais deux lettres aussi différentes que le lieu d'où elles étaient datées ; la première est écrite au duc de Brissac, du château des Tuileries, le 30 mai 1792 ; la voici :

« L'opinion que vous avez manifestée hier me plaît
« infiniment ; il faut céder pour ne pas irriter ; il faut
« céder pour ôter tout prétexte, à mes ennemis, de
« calomnier mes intentions. Vous pouvez mettre à
« exécution le licenciement de la garde constitution-
« nelle qui m'avait été accordée.... Je suis accoutumé
« aux sacrifices ; celui-ci est pénible, je l'avoue.....
« Monsieur, dites à ces braves gens qu'ils seront tou-
« jours à mon service, que je serai toujours leur
« père.

                                                    « LOUIS ».

Monarque infortuné ! Tout conseil qui flattait votre amour pour la paix, avait droit de vous plaire ! Vous disiez : il faut céder pour ne pas irriter, et vos ennemis s'irritaient de votre bonté même, et chaque sacrifice de votre part les rendait plus ardens à exiger celui de votre couronne et de votre vie ! Encore deux mois, et vous allez être cruellement éclairé ! Vous allez apprécier cette opinion qui vous plaisait ; et quelques lignes tracées du lieu de votre captivité, vont doulôureusement réfuter celles que vous traciez encore du palais de vos pères; mais écoutons Louis XVI lui-même, écrivant, le 12 août suivant, à MONSIEUR, aujourd'hui Louis XVIII, de la loge du logographe, à l'Assemblée législative, deux jours avant sa translation au Temple:

« Mon frère, je ne suis plus roi; le cri public vous « fera connaître la plus cruelle catastrophe. Je suis le « plus infortuné des époux et des pères. Je suis vic-« time de ma bonté, de la crainte, de l'espérance: « c'est un mystère inconcevable d'iniquité. On m'a « tout ravi; on a massacré mes fidèles sujets; on m'a « entraîné par ruse loin de mon palais, et l'on m'ac-« cuse! L'on me traîne en prison; la Reine, mes « enfans; madame Elizabeth partagent mon triste « sort!.... Mon frère, bientôt je ne serai plus; songez « à venger ma mémoire, en publiant combien j'aimais « ce peuple ingrat.... Adieu, mon frère, pour la der-« nière fois.

« LOUIS ».

Malheureux prince! vous cédez à de funestes con-seils, vous éloignez de vous votre fidèle garde, et vous n'êtes plus Roi! Et nous, dès ce moment, nous ne sommes plus un peuple, nous sommes devenus l'op-probre de nos voisins; la première des nations est veuve de son Roi, et les esclaves deviennent nos maîtres. Et aujourd'hui, lorsque l'héritier légitime est rentré dans son héritage, lorsqu'il est venu nous ré-sconcilier avec les autres peuples et avec nous-mêmes,

nous méditons encore de le dépouiller de la force et
de l'éclat qui l'environnent, afin de le dépouiller bientôt après d'un vain simulacre de royauté, et de briser
dans ses mains ce faible roseau qu'on ne lui aurait
laissé pour sceptre que quelques instans! Et nous voulons, en aveugles, recommencer le cercle de nos infortunes, et courber encore une fois la tête sous le
joug des esclaves!

Non, cela ne sera pas, cela ne peut pas être. Il est
quelque part une puissance qui se rit des vains conseils des hommes : et celui qui a relevé miraculeuse-
ment le trône des Bourbons, ne voudra pas laisser
renverser son ouvrage. Il est une mesure de perversité
qui, sans doute, a été remplie, et qui versera sur
ceux mêmes qui l'ont comblée; et je ne sais quoi nous
dit que de criminelles espérances seront confondues.

Qu'importe que vous ne veuilliez pas les Bourbons,
si celui-là les veut, qui les a ramenés deux fois comme
par la main? Et en fait de gouvernement, quels essais
possibles pouvez-vous rêver que vous n'ayez fait? Que
sont devenus votre Assemblée Constituante, votre Assemblée législative, votre Convention, votre Directoire, votre Consulat, votre Empire et votre Empereur?
de tout cela qu'est-il resté? les Bourbons. En recom-
mençant, que resterait-il encore? les Bourbons. Mais,
cette vérité ne dispense pas de les garder.

~~~~~~

CHAPITRE LI.

Quelques mots sur Henri IV.

———

HENRI, élevé dans les camps, au milieu des troubles
et des alarmes, ne manqua jamais de l'énergie nécessaire dans les grandes circonstances : il sut punir, il
sut récompenser, il sut régner.

Les frères libéraux ont leurs raisons pour travestir
le caractère historique de ce grand roi. Ils ne disent
pas qu'il était ferme, actif, politique et qu'il savait
corriger. Ils disent qu'il était plein de douceur, d'humanité, et qu'il savait se faire aimer ; ils ne disent pas
qu'il savait se faire craindre. Je crois qu'il est heureux
pour ces messieurs, de n'avoir point affaire avec lui.

Il savait prévenir le désordre, la confusion et l'anarchie ; il savait couper dès leur naissance les premiers
fils de toutes les trahisons. Il n'aurait pas mérité la
couronne qu'il conquit, et qu'il porta avec tant de
gloire, si, moins vigilant et moins sévère, il s'était
fait un scrupule de punir les traîtres qui sont les ennemis de leur pays et de tout le genre humain.

On met dans l'ombre le caractère de *vigilance* et de
vigueur sans lequel il n'eût pas mérité le nom de grand.
Le but de cette politique est évident, c'est de persua-

der aux rois qu'ils peuvent abandonner toutes les pré-
cautions du pouvoir contre les desseins de l'ambition.
Moyen perfide de leur tendre des piéges, et de les
prendre avec l'amorce de leurs propres vertus !

C'est ainsi qu'on trompa le pauvre Louis XVI ;
qu'on éloigna de lui ses amis, pour le mettre entre les
mains des voleurs et des assassins.

Qui ne sera frappé de la justesse de ces réflexions ?
Qui pourrait nier qu'en 1819 comme en 1789, le
même esprit règne, les mêmes manœuvres soient
mises en usage, et recèlent la même perfidie ?

Trajan, Marc-Aurèle, et tous les princes qui osèrent
être vertueux dans un temps de troubles, ne jouirent
de cette prérogative qu'en maintenant tous les moyens
de s'attirer le respect et de soutenir leur autorité.
Henri IV en donnant quelque pouvoir à une assemblée
de notables, eut soin de se tenir près de la table ; et ,
comme il le dit lui-même, *il avait toujours la main
sur la garde de son épée.*

CHAPITRE LII.

Carrière militaire.

L'OUBLI, une dédaigneuse indifférence, voilà le sort réservé à nos guerriers. En France les officiers ne peuvent plus être dans les rangs de l'armée à 55 ans, à un âge où tant d'illustres capitaines ont cueilli tant de lauriers, moissonné tant de gloire.

On ne peut plus être officier à 55 ans! Il avait plus que cet âge, l'illustre maréchal de Catinat, lorsqu'un officier lui représentait qu'ils allaient tous à une mort inévitable. *Il est vrai, dit-il, la mort est devant nous, mais la honte est derrière.*

Il avait plus que cet âge le grand Condé quand il gagna la bataille de Senef. Louis XIV se trouvait au haut d'un escalier, lorsque le général, qui avait de la peine à monter à cause de la goutte, s'écria : *Sire, je demande pardon à Votre Majesté si je la fais attendre. On ne saurait marcher plus vite,* répondit le roi, *quand on est si chargé de lauriers.*

Ils avaient plus que cet âge, le noble fils du grand Condé, et Vioménil, le Nestor de nos guerriers, ce noble compagnon de ses malheurs et de sa gloire. J'en atteste les armées de l'Europe entière, qu'elles disent si, à 55 ans, l'amour de la gloire, les feux du courage sont éteints dans les cœurs français.

En 1815, on ne peut plus être officier à 55 ans, et Villars en avait 59 quand il sauva la patrie à Denain. On insulte, on outrage nos guerriers, qui, sur la terre d'exil, ralliés sous l'étendard sacré, furent les nobles compagnons d'armes de l'illustre descendant du grand Condé, et de ce jeune héros dont le plus exécrable des forfaits a tranché les jours. Son ombre auguste semble errer autour du palais de nos rois, pour fixer les regards du monarque sur ses compagnons d'armes.

CHAPITRE LIII.

Instructions laissées en France par Buonaparte.

Lorsque Buonaparte quitta l'Europe pour aller à Sainte-Hélène, il donna à ses affidés les instructions suivantes :

« Il faut se jeter dans les bras des révolutionnaires, gens habiles pour renverser.... Il faut laisser dans les places ceux qui m'ont servi, et tous mes amis.... Il faut rendre nuls les royalistes, les faire considérer comme une faction misérable.... Il ne faut prendre que des officiers qui aient servi sous mes drapeaux.....

pour préfets que mes préfets.... Brouillez les royalistes avec les ministres qui ne manqueront pas de déverser sur eux le ridicule..... Parlez de féodalité, de dîmes, du clergé et d'ultrà-royalistes ; supposez qu'ils veulent renverser la Charte ; violez-la s'il est nécessaire....

« Contractez avec les libéraux, jacobins et révolutionnaires, une alliance offensive et défensive ; qu'ils soient, entre vos mains, les instrumens de votre triomphe, sauf à les briser ensuite. Parlez beaucoup de liberté, d'égalité, d'indépendance, de libéralisme, des lumières du siècle ; et dans un sens contraire, parlez de féodalité, d'intolérance, d'asservissement, de préjugés religieux, de despotisme, des temps d'ignorance et de barbarie qui ont précédé 89..... Ayez soin de faire tomber les crimes de la révolution sur les royalistes.... Eloignez les idées religieuses, pour qu'elles ne se glissent pas dans l'esprit de la jeunesse *pensante, réfléchissante, agissante.*

« Vous ferez en sorte qu'il ne paraisse pas une pièce nouvelle où il n'y ait une tirade de cinquante vers contre les rois et contre les nobles ; et dans les petits théâtres, des refrains à la gloire des héros qui ont servi sous mes drapeaux...

« Que les quais et les boulevards soient remplis de gravures représentant des combats où un seul français tue vingt ou trente Prussiens, Anglais, Allemands, ou Russes.... Faites des caricatures sur les prêtres, et sur les émigrés qui ont perdu leur fortune et qui sont restés fidèles à la cause légitime.

« Faites en sorte de rendre les royalistes tellement

odieux; qu'il soit plus honorable d'être jacobin, libéral, ministériel, sicaire de Robespierre, que d'être
resté dévoué aux Bourbons.... Que les hommes en
place en viennent à dire qu'ils s'arrangeront *avec les
jacobins le plus tard possible; avec les royalistes
jamais....*

« Défiez-vous des indépendans, ils sont capables
de bouleverser tous les empires du monde; servez-vous
d'eux comme d'auxiliaires, mais arrêtez-les dès le
moment où ils ne seront plus utiles. »

Telles furent les dernières paroles que le héros de
Waterloo adressa à ses amis en quittant le sol français.
On peut juger s'ils se sont bien acquittés de la mission
qu'ils ont reçue.

CHAPITRE LIV.

Déviation du bien vers le mal.

LE spectacle le plus affligeant aux yeux des royalistes,
c'est la conduite équivoque de ces hommes dont la vie
antérieure devait inspirer les plus favorables présomp-
tions, et semblait donner des garanties à la confiance.

Parmi les exemples de cette déviation du bien vers
le mal, nous ne citerons que le plus éclatant, parce
qu'il offre en outre quelque espoir de retour du mal
vers le bien. M. de Serres a servi avec honneur dans

l'armée de Condé; c'est là qu'il a gagné cette glorieuse
décoration qui fut pour lui le prix du courage et de
sa fidélité à la légitimité. Quelle surprise douloureuse
pour les amis du trône, qui s'honoraient de reconnaître dans le chef de la justice un soldat sorti de leurs
rangs, quand ils l'ont entendu prononcer une espèce
d'apologie des assassins du plus innocent des hommes,
du plus débonnaire des Rois ! « Quoi ! se sont-ils écrié
dans leur désolation, c'est lui qui abjure la solidarité
de l'honneur pour adopter celle du crime et de l'infamie ! Mille voix se sont élevées pour reprocher au
guerrier Condéen son effrayante apostasie; la honte
et le repentir ont pénétré dans son cœur, et ne se bor-
nant pas à un regret stérile, M. le Garde-des-Sceaux
a saisi la première occasion d'expier publiquement sa
coupable imprudence. »

Il nous a donné l'assurance que les régicides ont
pour toujours perdu leur place dans la grande famille
dont ils ont égorgé le père. Nous accueillons avec une
joie pieuse cette déclaration expiatoire. Nous nous
permettrons seulement de dire à M. le Garde-des-
Sceaux, que le système suivi depuis long-temps par le
ministère, a pu seul encourager les régicides et leurs
amis, à tenter un coup d'Etat avec quelque espoir de
succès. Sans les efforts imprudens des ministres pour
tuer le royalisme et ressusciter la révolution, on n'aurait pas vu l'horrible scandale d'une pétition signée par
quelques centaines de Français, et appuyée par une
quinzaine de députés; car jamais la Chambre des députés n'eût reçu dans son sein les avocats des régicides.

CHAPITRE LV.

Confession d'un Royaliste.

Je me confesse au Roi, à la France et aux ministres tout-puissans qui m'ont destitué. J'ai péché ; je n'ai pas siégé à la Convention, et je n'ai pas le droit d'invoquer les régicides , d'exciter la commisération du gouvernement. Je suis né dans cette classe injuriée par les journaux révolutionnaires; et traité par eux d'ultrà, d'aristocrate, d'ennemi de la liberté; me rappelant que des qualifications semblables ont livré , il y a peu d'années, mes parens et mes amis à la mort, et redoutant que le même sort ne me soit préparé par tant d'insultes libérales; réfléchissant d'ailleurs qu'au siècle des lumières, j'eusse mieux fait de naître dans l'obscurité, je déclare ici que c'est ma faute, ma très-grande faute, si mon père était né seigneur de quelques villages.

Je confesse d'avoir quitté mon pays quand les lois de proscription ou de mort frappaient tous ceux de mes pareils qui n'avaient pas pris le même parti ; quand le Roi qui nous gouverne s'était alors soustrait aux périls que tenta vainement de fuir son auguste frère ; quand les princes de la maison royale appelèrent autour d'eux les partisans de la monarchie. Je confesse avoir obéi à cet appel; et m'être éloigné d'un pays où pour être incarcéré il suffisait qu'on fût *soupçonné d'être suspect*. Je ne devais pas m'armer contre un pareil système, et je conçois très-bien que mes torts envers la république puissent m'être reprochés sous la monarchie de Louis XVIII. Aussi, très-satisfait de voir que ce reproche ne s'étende point encore au Roi lui-même, je me reconnais coupable et très-coupable d'une rébellion manifeste envers la république une et indivisible, fondée le 10 août et le 2 septembre 1792.

Pour ce fait et pour bien d'autres, on vendit mon bien et celui de mon frère qui n'était pas sorti de chez lui où il avait été mis en prison; ce qui me prouva que je n'avais pas perdu grand'chose à m'éloigner. J'errai long-temps dans les pays étrangers avec des milliers de mes compatriotes proscrits, sans que les hommes dont l'éloquence et la sensibilité s'exercent avec tant de succès à déplorer les maux de l'exil, se soient jamais enquis si nous avions un champ d'asile.

Enfin, la France s'aperçut que notre pays ne pouvait plus être gouverné en république. Un empereur m'amnistia pour avoir eu raison en ce point. A la monarchie qu'avait enfantée la république succéda la monarchie légitime que ramena la chute de l'empire. Toute la France reconnut que l'on avait mal fait de ravir la couronne aux descendans du bon et grand Henri. On cria : vive le Roi ! et, par une vieille habitude, je criai plus fort que d'autres; ce qui fit un peu de *scandale*. Je confesse même avoir ressenti de l'orgueil et de la joie, à la vue d'un événement qui justifiait ma vie entière, et qui semblait me promettre un avenir plus heureux.

Cependant la seule restitution qui venait de s'opérer, celle du trône de France, fut bientôt contestée au soixante-huitième successeur. Je pensai que, quoique on ne m'eût pas rendu ma propriété, ce n'était pas une raison pour ne pas défendre celle du Roi, et je fis à Gand un *voyage sentimental.*

Je n'ignore pas que cette dernière faute m'a fait perdre tout récemment un mince emploi, où j'ai été remplacé par un officier qui s'est supérieurement conduit à la bataille de Waterloo. Je ne puis cependant m'accuser de ce délit, ayant été déjà absous, par un conseil de guerre, du crime de fidélité que j'avais alors commis. Mais je m'accuse de mourir de faim, parce que c'est ma faute et ma très-grande faute, lorsque le chemin des honneurs et de la fortune m'était si bien tracé. C'est pourquoi je supplie MM. les ministres, directeurs-généraux, conseillers d'Etat, préfets et autres, vivant grassement de leurs emplois, d'intercéder pour moi, afin que si l'union et l'oubli qui doivent rendre la paix à ma patrie sont à mon égard *l'union de tous les maux* et *l'oubli de tous les services,* mes intentions soient du moins à l'abri des calomnies, ma pauvreté protégée contre les outrages, et mon dévouement attesté par mes malheurs.

Ainsi soit-il.

CHAPITRE LVI.

Triomphe de M. le général Donnadieu sur M. le comte Decazes.

Un ministre tout-puissant, humilié jusqu'à la guerre des journaux, où il est battu tous les matins, se défend par des platitudes, des niaiseries et des escobarderies, contre un loyal militaire, qui demande des juges et la mort s'il a failli. Il était difficile de répondre à des faits positifs, à des accusations graves ; aussi s'est-il borné à subtiliser, à faire des distinctions, à soutenir qu'il n'avait pas dit : *tuez sur-le-champ*, mais *exécutez sur-le-champ*. Ce qui constitue, comme on voit, une énorme différence. Or donc, les accusations subsistent dans toute leur force.

Le brave général Donnadieu n'étonne personne quand il dit : que M. Decazes se joue à la fois du monarque dont il a surpris la confiance, et de la nation, au milieu de laquelle il a semé toutes les divisions et toutes les haines, en renversant tous les principes de justice. Et il ajoute : « dans quel dédale d'impostures n'a-t-il pas fallu chercher à cacher la vérité ! Quelle torture n'a-t-il pas fallu donner à la raison et au bon sens, pour montrer le bien où était le mal, l'honneur

où était la bassesse ! Oui , seul j'accuse ce ministre de
tout le sang versé depuis quatre ans , et de tout le mal
présent. »

Après avoir justifié victorieusement sa conduite ,
comme le général Canuel justifia la sienne , le général
Donnadieu s'écrie : « que les hommes honnêtes, vrais
et sans passion, jugent entre nous et M. Decazes,
quel est le véritable instigateur et fauteur des troubles
publics.... A peine ceux qui avaient tout fait pour
prévenir les révoltes les ont-ils comprimées , qu'ils en
deviennent les auteurs, qu'ils sont poursuivis, attaqués,
traduits devant les tribunaux comme tels. Cherchez
dans les annales , dans les fastes des nations, une perversité de crime qui égale celle-là ! Mais ce n'est pas
le ministre de la police , dira-t-on peut-être , qui a
poursuivi le général Canuel ; non sans doute , ce n'est
pas lui directement qui l'a fait comparaître devant les
tribunaux ; mais quel est l'homme en France, qui doute
que lui seul ne soit l'auteur de ce tissu scandaleux
d'infamie ? »

M. le général Donnadieu gémit , comme tous les
royalistes , sur l'état des affaires politiques. Il doute que
depuis que les hommes vivent en société ; il se soit
jamais vu un état de choses aussi digne de pitié et de
mépris ; un ministère et des ministres aussi ignorans,
ou aussi criminels ! On a beau, dit-il, invoquer la
Charte, parler de la Charte , inutilement, la divinité
elle-même donnerait-elle une constitution à un peuple,
si le soin de la faire marcher est mis dans des mains
impures.

Après avoir fait l'analyse d'une foule de crimes, le général Donnadieu parle aussi de la *Correspondance privée*, de cette nouvelle méthode de calomnie, de ce moyen aussi lâche que vil d'aller au loin vilipender son pays, en répandant le venin et le poison sur ses concitoyens. Avait-on connu jusqu'à ce jour une action aussi basse, aussi anti-nationale, aussi anti-française, que cette manière d'insulter, d'attaquer les réputations, de ternir les actions des hommes ? C'est avec ce loyal procédé qu'on nous a fait conspirer, dit le brave général, contre le monarque, nous qui l'avons sauvé et la France avec lui !

« Pour justifier un système aussi inique qu'absurde, il fallait créer une conspiration royaliste, et y envelopper tous les Français qui avaient servi le roi, tous ceux qui lui avaient donné des preuves de dévouement ; il fallait atteindre, s'il était possible, jusqu'à la personne du *prince héréditaire*, pousser l'audace jusqu'à faire conspirer contre la vie du *monarque* son auguste frère. Voilà un des beaux faits d'armes de M. Decazes à ajouter à ses exploits de Grenoble et de Lyon. »

Cette plainte de M. le général Donnadieu a fait la plus vive impression ; elle sera portée, dit-on, jusqu'à la tribune de la Chambre de MM. les Députés.

~~~~~~

CHAPITRE LVII.

Leçon de M. Decazes, natif de Libourne, à ses subordonnés.

————

« Les temps, qui ont changé, nous obligent à changer de même. La saison des mystifications est passée ; les dédains, les ajournemens et les mensonges, dont les administrés étaient alimentés par vous et par moi, ne peuvent plus nous réussir : le plus humble de nos solliciteurs ne veut plus être notre dupe.

« La tempête est terrible ; nos mâts sont brisés, le bâtiment fait eau de toutes parts ; cependant il surnage, et nous avons encore quelques jours d'existence. Restez à votre poste, prenez une physionomie modeste et caressante, accueillez tout le monde avec politesse ; ayez de l'urbanité et de la douceur. Consolez les destitués, remplissez leur cœur d'espérance ; parlez-leur en mon nom ; compromettez-moi, s'il le faut. Gagnons du temps, le surplus me regarde.

« Je recommande à chacun de rechercher, dans le monde, ceux que vous avez mécontentés par votre orgueil, vos escobarderies et vos mystifications. Peut-être aurez-vous à souffrir des reproches ; mais songez que nous ne sommes pas, vous ni moi, couchés sur des roses. Allez. »

CHAPITRE LVIII.

Mélanges.

UN homme de ma connaissance disait : « Je n'ai été que dupe et victime pendant la révolution ; mais qu'elle s'avise de recommencer, je me fais révolutionnaire ; je braille les mots liberté , égalité ou la mort, et je me mets à piller tout comme un autre ».

Infortuné ! pour tenir parole, il faudrait des dispositions que tu n'as pas. Jamais tu ne seras *libéral, doctrinaire, ministériel, ou niveleur.* Vingt révolutions se présenteraient et tu serais toujours *dupe.* C'est dans le sang.

Ce que le brave homme disait sans intention de le faire, beaucoup de nos messieurs l'ont fait, le font et le feront sans le dire. Gorgés de biens, ils aspirent encore à de nouveaux profits. C'est dans les désordres d'une convulsion générale qu'ils en cherchent la source et les moyens ; ils ont de bonnes raisons pour ne vouloir ni de Dieu, ni de religion, ni de trône, ni de légitimité, ni de fidélité, ni de Suisses, ni de gouvernement.

Tous les bons Français voient avec plaisir, autour du trône, ces loyaux et fidèles Suisses, qui se naturalisèrent au 10 août, et s'étonnent du verbiage des hommes qui étaient muets quand Buonaparte payait des mamelucks.

On craint que les révolutionnaires du jour soient plus heureux à *écraser l'infâme* que les Voltaire, les Diderot, les d'Alembert, etc.; peut-être que les pygmées parviendront à détruire ce qui a résisté aux géans. Le chêne qui a bravé la violence des tempêtes tombe quelquefois rongé par les insectes.

Un ministre qui, sous un Roi, paye des hommes pour médire des royalistes, pour fomenter des dissensions, qui s'acharne à la ruine des honnêtes gens, n'est pas digne de vivre; et, si un pareil ministre est passionné, vil et méprisable, il est dans le cas de détruire un royaume jusque dans ses fondemens.

CHAPITRE LIX.

D'un Ministre.

Un seul parmi tous les ministres conduit les affaires depuis quatre ans. La révolution, abattue par la seule présence des Bourbons, ne s'est relevée qu'en s'appuyant sur ce ministre qui lui a prêté la main la plus secourable.

Quand ce ministre naquit au pouvoir, il se trouvait dans la position la plus heureuse pour un homme d'Etat : sans réputation à soutenir, sans antécédent à démentir : car le petit emploi de petit secrétaire de la mère de l'usurpateur était fort peu de chose.

La Chambre de 1815 était alors assemblée : cette chambre, fille de l'opinion royaliste de la France fidèle, représentait auprès du trône tous les intérêts d'une société ébranlée qu'il fallait raffermir ; d'une patrie envahie qu'il fallait rendre à elle-même, en l'arrachant à ses ennemis domestiques, comme à l'étranger dont les drapeaux protecteurs flottaient alors sur ses remparts.

Avec l'amour de son pays et plus d'instruction politique, le ministre eût senti qu'il devait se mettre à la tête de la chambre royaliste de 1815, et tomber plutôt devant elle que de la briser. Mais rien de tout cela ne s'apprend à une certaine école, à l'école de la démagogie.

Maîtresse du champ de bataille par l'ordonnance du 5 septembre, la faction triompha ; et la France fut régentée par les bureaux de la police. Son ministre est jugé et condamné, par tous les hommes qui ont le sens commun, depuis le 5 septembre. Tout est sorti, tout sortira de cet acte fécond. La loi des élections et celle du recrutement, votées par les indépendans et par les amis du ministère, sont seules capables de bouleverser l'Europe et de tuer la monarchie légitime.

Après le 5 septembre, les royalistes furent poursuivis dans toutes les places. Le ministre prit pour auxiliaires les mêmes hommes qui, quelques mois auparavant, proscrivaient les serviteurs du Roi, et mendiaient des adhésions au renvoi des Bourbons.

Un peu tard, le premier ministre, chargé des intérêts de la France près de l'Europe entière, ouvre les yeux : il tombe pour les avoir ouverts ; la faction le repousse du moment où il a dérobé son secret. Le ministre de la police qui a paru chanceler un moment, reparaît sur les débris d'un ministère écroulé ; la rapidité du coup de théâtre étourdit un instant les spectateurs ; et le ministre, vainqueur de ses rivaux, fut héritier de ses collègues. Alors le même être qui a obtenu la dissolution de la Chambre des Députés, qui a survécu à onze ministres, qui a fait entrer par une ordonnance, les régicides bannis par le concours de trois pouvoirs, ne respectera pas davantage la pairie ; et plutôt que de laisser modifier une mauvaise loi, il brisera par soixante nouveaux pairs une majorité qu'un ministre loyal aurait créée si elle n'eût pas existé. C'est dévorer l'avenir, c'est se jouer de tous les hommes.

Que ce ministre ne prétende pas se couvrir ici du manteau de l'autorité royale. Les ministres sont responsables de tous les actes du gouvernement ; sans ce point fondamental, plus de constitution, plus de garanties. La majesté royale, toujours infaillible, doit laisser ses agens dans la sphère orageuse où les place le gouvernement représentatif ; ils ne peuvent s'y maintenir qu'avec des talens et de la loyauté.

On dit que l'amour-propre du ministre fut blessé en 1815, ce qui l'a jeté dans une fausse direction : quand on a la royauté dans le cœur, la répudie-t-on si facilement? Quoi qu'il en soit, que ce ministre considère qu'il est fâcheux d'avoir un grand crédit quand l'Etat n'est pas sauvé ; d'avoir été puissant quand le mal est fait. Le France est aujourd'hui plus attentive, plus équitable que jamais : un ministre ne grandit pas à ses yeux par la dextérité qu'il déploie, par les alliances qu'il contracte, par la fortune qu'il acquiert : toutes ces choses-là, au contraire, éveillent la défiance de la patrie.

CHAPITRE LX.

Du Jacobinisme.

DEPUIS quatre ans nous voyons germer, renaître et se développer, à l'ombre des institutions libérales, ces mêmes doctrines qui, durant vingt-cinq ans, ont fait ruisseler des fleuves de sang, non-seulement dans leur terre natale, mais encore dans les quatre parties du monde.

Que font, sous les yeux du gouvernement, les journaux révolutionnaires ? Ils remettent à neuf les doctrines consolantes des jours de notre effervescence.

M. le duc de Richelieu apprend au congrès d'Aix-la-Chapelle, ce qu'il n'apercevait pas à Paris ; il voit

les progrès du jacobinisme déguisés sous le nom de
libéralisme, et revient avec le projet d'arrêter le
torrent qui déjà envahit tout. Ce projet éloigne celui
qui l'a conçu; et l'autre reste pour recueillir les fruits
des doctrines semées sous son administration, dont
il donnera les traditions à ses nouveaux collègues, en
attendant qu'il les laisse à des successeurs dignes de
recueillir un pareil héritage.

Maintenant, comment expliquer les secrets d'une
pareille administration? Qui pourra nous dire par
quelle fatalité les doctrines qui ont conduit l'infortuné
Louis XVI à l'échafaud, et proscrit son auguste Famille, ont recouvré toute leur force depuis que les
Bourbons nous sont rendus? Le problème est résolu
dans presque tous les articles qui précèdent celui-ci.

Ce qu'il y a de plus curieux dans les belles doctrines
que paye le ministre du Roi, avec l'argent du Roi,
pour détruire le Roi, c'est l'art de les faire circuler
avec approbation et privilége; c'est l'art de les accorder
aux temps et aux circonstances; c'est l'art enfin de
présenter le poison du jacobinisme dans les vases marqués aux armes de France.

Se peut-il que le ministre se fasse illusion au point
de croire qu'il agit dans les intérêts du trône? Se peut-
il qu'il espère quelque chose de mieux que ce qu'il a?
Croit-il faire des miracles, même sans le secours de la
religion? Nous en espérons aussi; nous croyons que
l'héritage de Saint-Louis sera conservé à ses augustes
descendans malgré le ministre. L'excès du mal qu'il a
fait, doit en amener le remède.

CHAPITRE LXI.

M. de Châteaubriand peint par lui-même *.

L'AUTEUR de cet écrit semble avoir aspiré au sublime dans le genre niais, et si je ne craignais de prêter un aliment dangereux à sa vanité, je lui accorderais sans hésiter la palme qu'il ambitionne; mais il a des concurrens que je ne veux pas décourager.

Savez-vous ce qu'a dit un jour M. de Châteaubriand? Voici la phrase accusée : « et moi ausssi, je voudrais « passer mes jours dans une démocratie telle que je l'ai « souvent rêvée, comme le plus sublime des gouver- « nemens; et moi aussi j'ai vécu citoyen d'Italie et de « la Grèce; peut-être mes opinions actuelles ne sont- « elles que le triomphe de ma raison sur mon penchant. « Parce que les jacobins ont commis des crimes, cela « ne m'empêche pas de croire qu'une république est le « meilleur de tous les gouvernemens lorsque le peuple « a des mœurs. »

Et qui en doute? Et quel est l'indépendant de bonne foi qui n'avouerait pas de son côté que le despotisme lui-même serait le meilleur de tous les gouvernemens si le sceptre appartenait à perpétuité au meilleur des

* C'est le titre d'une mauvaise critique des ouvrages du noble Pair.

hommes? Et parce qu'un royaliste a dit cela, vous
en prenez acte contre son immobilité! Mais il n'y a
pas un homme raisonnable et sensible qui n'ait pensé
plus ou moins la même chose. Ce n'est pas la démocratie que nous haïssons, car elle n'est pas un mal en
soi ; ce qui est odieux, c'est l'aristocratie des assassins,
l'oligarchie des bandits.

Si le système révolutionnaire, protégé par le système ministériel, nous fait pitié, nous fait horreur,
c'est que nous en connaissons tous les effets; si leurs
chefs nous épouvantent, c'est que, par une effroyable
fatalité, ces chefs de la révolution nouvelle sont les
vétérans de la révolution dont Buonaparte avait arrêté
le cours, et que la restauration a si déplorablement
restaurée. C'est que les mêmes noms, proclamés par
les mêmes hommes, et à l'abri des mêmes principes,
nous donnent lieu de prévoir la même tyrannie et les
mêmes échafauds.

CHAPITRE LXII.

Extrait du Discours de Mgr. l'archevêque de Troyes, sur la
cérémonie de Saint-Denis.

« A la vue de cette sainte et auguste cérémonie, que de
sentimens divers s'emparent tour-à-tour de mon âme!
Que de touchans et glorieux souvenirs viennent en foule
se réveiller dans mon esprit, et tour-à-tour ou m'éclairer ou m'attendrir!

« Cette majestueuse et vénérable basilique où nos
rois viennent faire à l'Eternel le double hommage de
leur couronne et de leur poussière. Ces magnifi-
ques dons de la munificence royale, qui prêchent
éloquemment et la vanité des grandeurs, et l'immortalité de la vertu ; ce clergé vénérable, dont la première décoration est dans le nom de ceux qui le
composent ; à la tête duquel je vois un pontife illustre, l'ornement de la pourpre, l'amour de ses collègues,
et qui réunissant à une douceur que rien n'altère, un
courage que rien n'abat, nous prouve chaque jour
que la vertu ne vieillit point.

« Quel lieu et quel moment pour un ministre de la
parole divine ! Ici, tout parle aux yeux ; ici, tout parle
au cœur. Eh ! combien donc nous avons à regretter et le
temps qui nous a manqué, et les forces que nous n'a-
vons plus pour célébrer dignement ces héros immortels
de la foi, non moins faits pour exciter notre vénération
que notre reconnaissance, et pour intéresser également
et tous les cœurs français, et tous les cœurs chrétiens !

« Intercédez, s'écrie l'orateur en invoquant les Apôtres de la France, pour ce monarque qui, noble émule
de ses ancêtres glorieux, vous donne, en ce grand
jour, une marque si éclatante de son zèle pour votre
culte. Prolongez ses jours précieux ; obtenez de lui de
plus en plus cet esprit de force, sans lequel il n'y a
point de justice ; cet esprit de justice, sans lequel il
n'y a pas de bonté ; cet amour pour la religion, sans
lequel tout dépérirait dans ses mains ; et faites que,

par nos prières, l'impiété soit ôtée, non de son cœur, où elle ne pénétra jamais, mais de devant son visage, pour qu'avec elle disparaisse le plus grand fléau des nations, le plus grand de ses ennemis. »

Nous terminons à regret les citations de ce beau discours, qui a produit une impression vive et profonde.

CHAPITRE LXIII.

Ministère français.

Il faut le dire franchement, il y a, dans le ministère français, si toutefois il mérite ce nom, un abîme incommensurable de bêtise; il y a là vraimement, selon l'expression de saint Paul, largeur, longueur, hauteur et profondeur; aucune dimension n'y manque, et les siècles passés n'offrent rien de semblable.

Après avoir été livrée à la rage des bourreaux, puis à l'ambition aveugle d'un conquérant, manquait-il quelque chose encore au châtiment de la France? Oui, d'être livrée à une poignée d'intrigans. Quelques hommes se sont trouvés entre la crainte de perdre leur place et la crainte de perdre la France, et on leur doit cette justice, qu'ils n'ont pas hésité un seul instant.

Déjà *la fumée sort du puits de l'abîme*, comme

dit Bossuet ; *partout se répand un chagrin superbe*, *une indocile curiosité, et un esprit de révolte*. La société, qu'une main puissante avait un instant replacée sur ses fondemens, est ébranlée de nouveau par la même imprudence et les mêmes fautes qui l'avaient renversée ; et la plus terrible leçon dont les annales du monde fassent mention a été perdue.

Oh ! quand la France trouvera-t-elle un ministre comme celui à l'inviolabilité duquel Anne d'Autriche rendait ce perpétuel témoignage : *Que, parmi tant de divers mouvemens , elle n'avait jamais remarqué chez lui un pas douteux ?* Quand la France en trouvera-t-elle un encore comme ce chancelier qui, à l'heure de la mort, se rendait à lui-même ce témoignage, que, depuis plus de quarante ans qu'il servait le roi, il avait la consolation de ne lui avoir jamais donné de conseil que selon sa conscience (Le Tellier)? Cet homme, n'en doutons pas, la France le trouvera, comme elle sut trouver la Chambre introuvable; elle le trouvera, parce qu'il est nécessaire ; et quand on se sera déterminé à sauver la France, il suffira de le lui montrer.

10

CHAPITRE LXIV.

Du Ministère actuel.

Un fait reste démontré d'après les débats qui viennent d'avoir lieu dans la Chambre des Députés, c'est que le ministère actuel est le plus faible de tous les ministères qui ont paru depuis la restauration....

La session a tout éclairci : un ou deux des ministres seulement peuvent paraître à la tribune, bien qu'ils s'y montrent assez communs; les autres ont été muets, et leurs discours écrits sont au-dessous de leur silence. Néanmoins, dans un Gouvernement représentatif, l'art de Cicéron est indispensable; le talent de l'orateur est surtout d'une nécessité absolue pour certain ministre, tel par exemple que celui des finances. Quel rôle M. le baron Louis a-t-il joué dans la discussion du budget? Peloté par les deux oppositions de droite et de gauche, chassé par la commission qui mettait en pièces son système, il était là comme un accusé assis sur la sellette, ne pouvant dire un mot pour se défendre, ou n'ayant prononcé, avec une grande émotion, qu'un discours qui a fait rire l'assemblée.

M. le ministre des affaires étrangères a donné, de son côté, un singulier spectacle. Quelques membres de la chambre des députés lui ont demandé la communica-

tion d'un traité de paix, et aussitôt, avec une obli-
geance parfaite, il a communiqué le traité. Les chambres ont sans doute le droit de demander des pièces
officielles ; mais quand les pièces sont des actes de
l'autorité royale, des actes émanés des prérogatives
de la couronne, aucun ministre ne peut les fournir
sans avoir pris auparavant les ordres du Roi. Le silence
de la grande majorité de la chambre aurait dû avertir
M. le ministre de son imprudence.

Si M. le baron Louis est tombé par le silence, M. le
garde des sceaux a trébuché par la parole. Lorsqu'il fit
l'éloge de la Convention, et qu'ensuite il cria contre
les régicides, les royalistes ne se méprirent point sur
le second mouvement ; ils étaient sûrs que les hommes
qui nous gouvernent seraient vite effrayés d'avoir parlé
comme l'opinion monarchique, qu'ils rougiraient des
éloges des feuilles royalistes, et qu'ils s'épouvanteraient
des menaces des journaux jacobins.

Ce que nous avions prévu n'a pas manqué d'arriver.
Le *Moniteur* et le *Journal de Paris* se sont hâtés
d'expliquer les paroles du garde-des-sceaux ; ils ont
voulu nous prouver qu'on avait mal compris M. le
ministre de la justice. Eh, bon Dieu ! que le *Moniteur*
et le *Journal de Paris* se rassurent ! Nous croyons
M. de Serre plus conséquent ; il n'avait pas fait l'éloge
de la Convention pour décrier ensuite les régicides.
S'il a parlé contre eux, c'est sans y penser : en admi-
rant son discours, nous n'avons jamais soupçonné son
intention.

Toutefois, nous pensons que les ministres sont coupables, s'ils ont rappelé, sans une mesure législative, des individus frappés par une loi. Nous pensons que le fait pourrait seul donner lieu à un acte d'accusation devant la Chambre des Députés. La Charte dit qu'un ministre ne peut être poursuivi que pour concussion ou trahison; mais, en bonne logique, un ministre tra‑hit son pays toutes les fois qu'il viole une loi capitale, et qu'il travaille ainsi au renversement de la cons‑titution.

Quoi! M. le garde‑des‑sceaux aurait prononcé le fameux *jamais* contre les régicides, et lui, ou l'un de ses collègues, aurait aujourd'hui contre‑signé une or‑donnance pour le rappel des régicides! Quoi! on se serait ainsi moqué de la Chambre des Députés! on l'aurait entraînée, par un mouvement qui fait tant d'honneur à cette Chambre, et puis on semblerait bra‑ver son opinion, insulter à ses sentimens; sentimens que l'on a soi‑même excités! Tout accoutumé que l'on soit aux inconséquences et aux fougues ministérielles, on se demande qui a pu produire un changement si subit....

Pauvres ministres! ce ne sont pas les royalistes dont vous vous jouez en agissant de la sorte, c'est de vous‑mêmes, c'est de la monarchie dont vous ébran‑lez les bases : vous achevez de vous perdre. Qu'est‑ce que des hommes qui tantôt repoussent de nos lois le nom de la religion, tantôt font l'éloge de la Conven‑tion, puis maudissent les régicides, puis les rappellent; tout cela dans l'espace de quelques jours?... L'incon‑séquence et la folie ne sauraient aller plus loin.

La déportation était un faible châtiment pour un
si grand crime.... Quand la fidélité a langui vingt ans
sur la terre étrangère ; quand le Roi lui-même a
connu les chagrins de l'exil, les régicides qui ont pris
sa place, peuvent-ils exciter une commisération qu'ils
n'accordèrent pas au petit-fils de Saint-Louis, à la
double majesté de l'innocence et du malheur ? Ces
hommes qui ont émis un vote horrible ; ces hommes
qui, au moment du procès de Louis XVI, ont prononcé des discours qui font frémir ; ces mêmes hommes
n'ont-ils pas, pendant les Cent-Jours, signé l'acte additionnel, et conséquemment signé le bannissement
perpétuel de Louis XVIII, comme ils avaient décrété
la mort de Louis XVI ? N'ont-ils pas juré foi et hommage à l'usurpateur qui avait remis en vigueur les
lois contre les émigrés ? lois en vertu desquelles on
aurait pu verser le sang de notre Roi, de nos princes,
et traîner *Madame* à l'échafaud de son père et de sa
mère !...

Point de pitié pour des hommes qui ont assassiné
Louis XVI et proscrit Louis XVIII. Rappeler les régicides, c'est déclarer que juger un monarque est une
action comme une autre ; c'est tolérer le crime ; c'est
préparer la chute des rois. Convenons que ce serait
payer un peu cher la réconciliation de nos ministres
avec la révolution.

~~~~~~

CHAPITRE LXV.

Voyons encore d'où est venu le crédit des révolutionnaires.

L'AUTORITÉ de Diderot ne doit être suspecte ni aux libéraux, ni aux révolutionnaires, ni aux ministériels. Sans préambule voyons ce qu'il dit :

« Un état chancelle quand on y ménage les mécon-
« tens, à plus forte raison les ennemis et les factieux ;
« mais il est perdu quand la crainte les élève aux pre-
« mières dignités ».

Assurément Diderot n'aurait point été ministériel, il n'aurait pas applaudi au système qu'on suit en France depuis plusieurs années; car si les factieux et les ennemis du gouvernement sont dangereux, c'est une raison de plus pour ne leur accorder ni places, ni dignités; en leur accordant tout cela, il est évident qu'on augmente le danger, en augmentant leur insolence, en leur donnant un crédit et une influence qu'ils n'avaient pas : c'est alors, dit avec raison Diderot, que *l'État est perdu;* mais on n'avait même pas ce mauvais prétexte, lorsqu'on a commencé à encourager leur audace.

Effrayés du mauvais succès de leurs vœux, de leurs perfidies, de leurs trahisons, le très-petit nombre de révolutionnaires qui existaient en France, regardaient comme une grâce d'être oubliés , et se disposaient à abjurer la politique; ils cherchaient même à se cacher , craignant la punition de leurs crimes. Tous seraient devenus royalistes , s'ils avaient vu que le royalisme seul fût protégé, honoré, récompensé.

L'ordonnance du 5 septembre arrive, la chambre *introuvable* disparaît. Aussitôt, tout ce qu'il y a de bandits , de factieux, de brigands en France lèvent la tête, accourent, se montrent, écrivent, gourmandent , régentent , dictent des lois. Ils rajeunissent les belles phrases de 93 , les font entendre dans les chaires et dans les tribunaux avec une sécurité d'autant plus grande, qu'elle est protégée par les hommes qui se disent le gouvernement.

C'est ainsi qu'on a donné plus que de la consistance à des êtres vraiment dangereux, quand on leur met les armes à la main et qu'on les ôte à leurs adversaires. L'usurpateur Cromwell voulant s'emparer non-seulement du trône et de l'autorité, mais prendre le titre du Roi qu'il avait fait égorger, sonde l'opinion d'un de ses ministres ; celui-ci lui répond franchement que, dans un pareil projet, il doit s'attendre à l'opposition de dix Anglais contre un. — Mais, répliqua le rusé protecteur, si j'ôte l'épée des mains des dix personnes qui sont contre moi, et que je la mette dans la main de celui qui m'est favorable, ne deviendrai-je pas le maître d'exécuter mon dessein? Ainsi ont agi les ministres ; ils ont trouvé, je ne dis pas dix, mais cent, mais mille royalistes, contre un anarchiste, un jaco-

bin, un buonapartiste; mais en ôtant aux premiers
leur crédit, leur influence, leurs places, ils les ont
désarmés; ils ont fait plus, ils les ont persécutés; ils
ont encouragé leurs ennemis et leurs calomniateurs;
ils ont *armé* ceux-ci, les ont investis de tout ce qui
donne du crédit, de la considération, du pouvoir.
D'abord ils ont commencé par les ménager, bientôt ils
les ont élevés aux places et aux premières dignités :
l'Etat a *chancelé*; et il serait infailliblement perdu,
si l'on ne changeait point de système.

CHAPITRE LXVI.

Religion.

Le plus grand des fléaux de la société, c'est l'oubli
de la religion. Le nombre des crimes se multiplie
avec le nombre des impies.

Hommes d'état d'un jour, hommes sans expérience,
sans prévoyance et sans jugement, qui ne connaissez
les vices et les passions du cœur humain que par le
vôtre, vous osez prétendre que les lois politiques,
pour être bonnes, ne doivent avoir aucun rapport
avec les idées religieuses; et ajoutant l'insolence à
l'erreur, vous avez l'impudence de déclarer que ceux
qui soutiennent des principes opposés à ces doctrines
sont atteints et convaincus de la plus stupide supers-

tition. Une telle opinion décèle la plus honteuse ignorance.

Le ministre de la justice du Roi très-chrétien a déclaré que les mots *morale publique* étaient étrangers
à toute idée de religion. Le ministre du Roi a donc solennellement, en 1819, chassé Dieu de la législation
française. La révolution a pris acte de cette étrange
concession, et a remercié le ministre, son allié, par la
bouche du libéralisme.

Chose remarquable! on ne citerait pas un homme
supérieur, un homme de génie, né dans le sein du
protestantisme, qui n'ait montré un extrême penchant
pour la religion catholique. Grotius en Hollande,
Haller en Suisse, Burke en Angleterre, Leibnitz en
Allemagne, n'étaient guère protestans que de nom,
Leibnitz surtout, l'esprit le plus vaste qui peut-être ait
jamais paru, Leibnitz qui, suivant l'expression de Fon-
tenelle, menait de front toutes les siences, ne tarda
pas à découvrir le vice intérieur de la réforme et fut
conduit successivement à embrasser et à justifier tous
les points de la foi catholique : *donner à la jeunesse*
le goût de la science et de la vertu; porter des secours
aux malheureux, à des hommes désespérés, aux
prisonniers, aux malades, à ceux qui sont dénués
de tout, etc. Quiconque ignore ce plaisir, ou mé-
prise ce bonheur, n'a de la vertu qu'une idée rétré-
cie. Comme le vulgaire, il croit sottement avoir
rempli son devoir, ses obligations envers l'huma-
nité, envers Dieu même, lorsqu'il s'est acquitté à
l'extérieur de quelques pratiques usitées, avec cette

froide habitude qui n'est accompagnée d'aucun zèle,
d'aucun sentiment.

Voilà de quelle nature étaient les pensées de Leibnitz ! un ministère, tel qu'une monarchie n'en a jamais vu, est arrivé jusqu'au mépris d'une religion sublime. Serait-il condamné à ne sentir que sa bassesse ?

L'esprit de révolution souffle vainement sur la
France. Il n'est plus que dans un ministère qui a fait
son pacte avec elle. L'heure du salut va sonner pour la
monarchie, et pour les bons Français. La voix a trop
long-temps crié dans le désert; mais aujourd'hui la
France, la France qui ne veut plus de révolutionnaires parce qu'elle ne veut plus de révolution, la France
détrompée et indignée, la France chrétienne et royaliste, répète aujourd'hui avec nous : ôtez l'impiété de
devant les yeux du roi, et la justice affermira le trône
des Bourbons.

CHAPITRE LXVII.

Du Ministère.

———

LE ministère devrait être éclairé sur le danger de son
système : dépositaire du pouvoir royal, il agit au nom
du Roi, et l'on connaît la magie de ce nom sur la
France. Il a à sa disposition les places et les faveurs.
Où est sa force et quel est son parti ? Il a éloigné de
lui tous les hommes connus par leur dévouement et
leur fidélité à l'autorité royale ; il n'a que quelques révolutionnaires qui lui demandent concessions sur concessions. Il devrait trouver sa position déplorable, à
moins que ce qui constitue à ses yeux une bonne position ministérielle ne soit la certitude de ne plaire à personne.

La liberté des journaux devrait être pour les ministres une leçon sans réplique. Rendus à eux-mêmes, on
a vu le *Journal des Débats*, la *Quotidienne*, la *Gazette de France*, soutenir, avec autant de logique que
de franchise, les vrais principes de la monarchie. Les
journaux révolutionnaires ont suivi leur ligne accou-
tumée, et le ministère se trouve sans autre appui que
le *Moniteur* et le *Journal de Paris*, dont l'un est peu
lu, et l'autre peu lisible. Soutiendront-ils le ministère

contre l'opinion générale? nous ne le pensons pas. Des hommes très éclairés et très respectables signalent ouvertement et sans crainte les fautes du ministère! Nous voyons les premiers talens démontrer les erreurs de son système, et il ne répond que par des articles dont l'esprit et le style sont aussi médiocres que les auteurs n'osent y mettre leur nom. Il n'a pour raison que des sophismes, pour soutiens que ceux qu'il paye; et ses défenseurs sentent si bien le désavantage de leur position, qu'il n'y en a pas un qui ose se faire connaître.

Nous demandons pourquoi, lorsque les ministres parlent de calme et de repos, rien de ce qui dépend d'eux n'est ni stable, ni assuré? Pourquoi, tant au civil qu'au militaire, depuis le colonel jusqu'au sous-lieutenant, comme depuis le préfet jusqu'au maire du plus petit village, personne n'est sûr d'être demain à la place où il est aujourd'hui? Pourquoi une vie sans reproche, un cœur sans parjure ne mettent point à l'abri d'une destitution? Pourquoi renvoyer ce qui fut fidèle et sans tache? Pourquoi cet oubli ministériel des services rendus au Roi? Véritable privilége de la félonie sur la loyauté, qui ne peut qu'avoir les plus déplorables résultats. Pourquoi ce hideux scandale? Pourquoi, lorsqu'on répète sans cesse qu'on ne veut plus de révolution, s'éloigner de tout ce qui la combattit au prix de son sang, et se rapprocher de tout ce qui la cimente? Quand le ministère nous aura expliqué cette énigme, il aura droit à réclamer la confiance; jusque-là, il aura contre lui le bon sens et la raison.

CHAPITRE LXVIII.

Pouvoir de la légitimité.

C'est aux Bourbons que nous devons l'intégrité de notre territoire envahi par les plus fortes armées qu'ait vues le monde depuis l'origine des sociétés. Elles n'auraient respecté ni la souveraineté du peuple, ni la domination de Buonaparte ; leurs justes ressentimens se sont apaisés à la grande pensée de cette succession légitime de tant de rois, leurs égaux, leurs alliés, leurs amis, et de cette famille royale, l'aînée ou la contemporaine de toutes les autres. C'est là le boulevard de la France, et son palladium. Ceux qui portent atteinte au respect et à l'amour qui lui sont dus veulent livrer à l'ennemi une des portes de la place.

La raison veut que la France soit monarchie, et les passions veulent en faire une république... Qu'on y prenne garde : un souverain légitime est maître de donner l'impulsion, et ne le serait plus de la diriger... On offre tant de moyens de satisfaire les haines, les cupidités, les jalousies d'une poignée de factieux, qu'ils sourient à la pensée de ce vaste désordre, comme une troupe embusquée à la vue d'un riche convoi faiblement escorté ; et le moyen de résister à cette image séduisante que leur montre la religion anéantie,

les trônes renversés, la noblesse exterminée, la propriété envahie, la société enfin démolie jusqu'en ses
vieux fondemens, et sur ce sol vide de toutes cons-
tructions, s'élevant des doctrines, des fortunes, des
gouvernemens, des hommes tout nouveaux, et un
nouveau Dieu pour un nouvel univers ! Ce sont là les
espérances de l'*illuminisme* et de ses diverses branches
en France, en Italie, en Angleterre, en Allemagne;
ce sont là les prétendues lumières qui ne pouvaient
naître qu'au sein des plus épaisses ténèbres de l'en-
tendement et de la plus profonde corruption du
cœur.

Avis aux princes légitimes qui peuvent, en choi-
sissant de bons ministres, remédier à tout cela. On
reconnaît pour bon ministre celui qui confie le pouvoir aux amis de son souverain ! Différemment, c'est
un traître qui mérite punition.

CHAPITRE LXIX.

Trahison et simplicité.

Il y a de bonnes gens qui demandent comment il
peut se faire que les royalistes ne soient pas réunis au
ministère, sans se mettre en contradiction avec leurs
propres principes, avec la volonté même du Roi, re-
présentée par ceux qui gouvernent en son nom. Il y a
dans cette opinion plus de simplicité que de justesse.

Lorsque la volonté du Roi est connue, nul doute
que les royalistes soient les premiers à s'y soumettre
et à la faire respecter. C'est là une conséquence de
leur système et de leur amour pour la légitimité
et pour la personne du monarque. Mais qu'on
ne s'y trompe pas; sous le régime adopté aujour-
d'hui, la volonté du Roi n'est pas connue, parce
qu'un ministre est monté à la tribune pour exprimer
la sienne propre. Si nous en voulons une preuve récente, M. Louis nous la fournit en déclarant, à la
séance du 10 juin 1819, qu'une proposition royale
pouvait être changée au gré des ministres.

Ainsi donc, être opposé au ministère, en certains
cas, c'est être fidèle à la royauté. Témoin l'ordonnance du 5 septembre, qui dissout une chambre parce
qu'elle est royaliste; témoin une loi d'élections en
faveur de la démocratie; témoin une ordonnance qui
encombre une chambre de pairs pour détruire une
majorité saine; témoin tout ce qui se fait, ou à peu
près. Si donc les mesures prises par le ministère rui-
nent la royauté, les royalistes ne peuvent point les
approuver.

D'un autre côté, on dit que le gouvernement d'un
pays divisé par les factions, doit se placer entre les
deux extrêmes. Cette thèse générale a besoin d'être
expliquée, pour ne pas prêter à des applications aussi
fausses que funestes. Allons au fait :

La France renferme dans son sein vingt-cinq millions de Français; tous veulent la monarchie légitime,
moins un demi-million qui forme une faction ingrate,

implacable, impie, que la clémence n'a pu désarmer, que la bonté n'a pu toucher, que les concessions ne peuvent satisf. ire; qui avoue par sa conduite, que le but qu'elle se propose, c'est le renversement du trône des Bourbons. Cette faction, libre pendant les Cent-Jours d'exhaler sa rage, appelait au trône de France un usurpateur, un despote, un enfant, un prince allemand, un prince anglais, *tout le monde*, *excepté les Bourbons.*

Dans cette position, que devait faire le ministère? Au moins rendre nuls tous les factieux auxquels, au contraire, il a mis les armes à la main, en leur confiant le pouvoir.

Pouvait-il balancer entre les amis et les ennemis de l'Etat, entre la fidélité et la trahison, entre l'amour de la royauté légitime et la passion de l'anarchie, entre ceux qui veulent le salut des Bourbons et de la France, et ceux qui cachent à peine leurs vœux pour le renversement de la dynastie?

Un ministre du Roi devait-il flatter et accorder des faveurs aux ennemis du Roi? La constitution, a-t-on dit, est un bouclier qui doit couvrir l'Etat et les citoyens; oui, mais de ce bouclier, comme de l'égide de Pallas, il doit sortir des foudres dévorantes contre ceux qui s'avancent armés d'un fer parricide.

Nous ne voulons rappeler ici ni les dégoûts dont on a abreuvé les royalistes, ni les persécutions dont ils ont été les victimes; conséquence naturelle d'un système qui ne tend rien moins qu'à perdre la monarchie.

CHAPITRE LXX.

Souvenirs d'un contemporain de la Révolution.

J'AI vu le berceau de la révolution française s'élever à travers le sang et les ruines.

J'ai vu l'asile sacré de nos rois souillé par des monstres à figures humaines.

J'ai vu des députés français appeler *un beau jour* les forfaits des 5 et 6 octobre.

J'ai vu ces députés prononcer solennellement que l'insurrection était le plus saint des devoirs.

J'ai vu les jours funèbres du 10 août et de septembre éclairer des forfaits inconnus.

J'ai vu des législateurs-bourreaux assassiner notre bon Roi, l'héritier de Louis-le-Grand, le meilleur et le plus vertueux des hommes.

J'ai vu un tribunal de sang envoyer à la mort l'immortelle fille de *Marie-Thérèse*.

J'ai vu la France couverte d'un crêpe ensanglanté et peuplée de ruines et de tombeaux.

J'ai vu, sur les débris de nos temples abattus, des autels élevés au dieu Marat.

J'ai vu les fleuves qui baignent la France, porter à l'Océan leurs ondes ensanglantées.

J'ai vu, pendant dix ans, le peuple français gouverné par des brigands.

J'ai vu le sabre d'un soldat s'élever au-dessus de toutes les têtes.

J'ai vu succéder le despotisme farouche aux fureurs de l'anarchie.

J'ai vu reparaître l'auguste race de nos Rois, salués par tous les bons Français.

J'ai vu les peuples, ivres d'amour, traîner le char du noble fils de France, précurseur de son Roi.

J'ai vu les Français se jeter aux pieds de l'auguste fille de nos rois, chercher des expressions pour peindre leur transport et ne trouver que des larmes.

J'ai vu tous les Français répéter le serment d'être fidèles à leur Roi.

J'ai vu apparaître le tyran de la patrie, l'affreux et funèbre vingt mars.

J'ai vu un royaliste calomnié, emprisonné, assassiné pour avoir révélé, dans le mois de février, le projet du débarquement de Buonaparte.

J'ai vu les traîtres et les parjures se présenter dans le palais de nos Rois, prêter un serment qu'ils ont trahi.

J'ai vu des hommes, couverts du sang de leur Roi, parler de leurs vertus et des services qu'ils ont rendus à la France.

J'ai vu la fidélité proscrite, et la trahison récompensée.

J'ai vu des guerriers fidèles, nobles enfans de la

Vendée , traînés dans les cachots réservés pour le crime.

J'ai vu les enfans de l'Helvétie, ces soldats nés sur la terre de la liberté, insultés par des hommes qui osent profaner ce nom révéré.

J'ai vu le sang de ces braves Suisses couler dans la journée exécrable du 10 août ; et qui, *quand le crime attaque le trône , meurent et ne trahissent pas.*

J'ai vu d'illustres écrivains chers à la France, qu'ils ont consolée pendant nos malheurs, la défendre contre un système qui la menace de nouvelles calamités.

J'ai vu ces mêmes écrivains livrés aux dérisions des sophistes et de leurs lâches complices.

J'ai vu le langage du crime bégayé par des enfans qui touchent à peine au berceau de la vie.

Je vois une génération, qui dut nous consoler de tant de malheurs , flétrie par le souffle empoisonné du sophisme , et précipitée à travers l'arène sanglante des révolutions.

Et moi, Français , moi, qui sens aux battemens de mon cœur que je donnerais mille fois ma vie pour le bonheur de la France, je suis réduit à signaler l'abîme qui menace de l'engloutir.

CHAPITRE LXXI.

Sur une opinion de M. le maréchal Davoust.

A l'apparition de l'ordonnance du 5 mars 1819, la France a poussé un cri d'étonnement et d'effroi; des gens qui se sont signalés par leur frénésie pendant les Cent-Jours, qui, même après la chute de l'usurpateur, ont mis tous leurs efforts à retarder le retour du roi dans sa capitale, sont appelés à la première dignité de l'Etat, à des dignités inamovibles et héréditaires: comment ne pas s'en épouvanter?

Cependant, on aimait à se persuader qu'ils ne furen pas aussi coupables qu'ils le paraissent au vulgaire ; et que des circonstances, connues des ministres seuls, leur donnaient des droits à la bienveillance royale. On nous disait que les nouveaux pairs saisiraient la première occasion pour manifester un sincère repentir de leur égarement.

M. le maréchal Davoust n'a pas voulu nous laisser plus long-temps dans l'incertitude à cet égard; il vient de publier une opinion qui ne dément en rien sa fameuse adresse du 30 juin 1815, à la chambre des représentans. Encore si, dans cette opinion, M. le maréchal avait discuté la loi au sujet de laquelle il prend la plume, on pourrait croire qu'il n'a cédé qu'au besoin d'éclairer la délibération ; mais il n'en dit pas un mot ; il s'agissait de la liberté de la presse ; ces matières ne sont pas à sa portée : il n'a écrit que pour faire l'apologie de la rébellion.

Il est étrange que le *Moniteur*, journal entièrement à la disposition du gouvernement, ait accueilli ce manifeste des Cent-Jours : à moins que les ministres aient espéré que, mise dans ce journal, cette opinion aurait moins de lecteurs que dans toute autre feuille.

Quelle que soit la haute dignité de M. le maréchal Davoust, fût-il ministre de la guerre, comme un certain parti se flatte de le voir bientôt, il ne nous en imposera pas ; et toutes les fois qu'il fera imprimer des opinions semblables à celle qu'il a fait insérer dans le *Moniteur* du 25 mai 1819, nous lui rappellerons tout ce qu'il doit à la clémence du Roi.

~~~~~~

CHAPITRE LXXII.

Lettre trouvée au quai Malaquais.

——————

« Monseigneur,

« Nous avons été amis. Votre destinée est devenue brillante ; vous m'avez offert votre faveur, je l'ai refusée. Depuis trois ans nous ne nous voyons plus ; mais je fus votre ami ; je m'en souviens, j'en remplirai toujours les devoirs. Le premier, le plus sacré de ces devoirs est de vous dire la vérité, lorsque tant de gens sont intéressés à vous tromper. Ne la repoussez pas.

« Avez-vous mesuré tout le chemin que vous avez parcouru depuis que vous avez participé au gouvernement de la France ? Vous rappelez-vous à quels titres, à quelles conditions vous avez reçu le pouvoir, lorsque cédant aux trop justes alarmes que nous causaient les éternels ennemis de la monarchie et de l'ordre social, on vous confia toutes les armes nécessaires pour les combattre et les comprimer, qu'en avez-vous fait ? Les faits parlent. Ces armes sont aujourd'hui dans les mains de ceux contre lesquels vous deviez les tourner. Par quelle série de circonstances cet épouvantable prodige s'est-il opéré ? par quelle fatalité vous êtes-vous laissé

entraîner à repousser l'alliance des hommes éprouvés
par leur loyauté, leur dévouement, leur persévérance
dans les saines doctrines ?

« Le tourbillon dans lequel vous vivez, les flatteurs
dont vous êtes entouré vous ont empêché de méditer
sur ces grands intérêts. Vous n'avez écouté que les petites passions du moment, et vous avez négligé d'ap-
profondir les hommes et les choses. Tout ce qu'il y a
d'honorable et de consciencieux en France, les vrais,
les seuls amis de la monarchie, ont vainement tenté de
vous éclairer, vous avez méprisé leurs avis. On est
trop facilement parvenu à vous faire croire qu'ils n'a-
vaient d'autre but que de vous enlever le pouvoir.

« Mais en admettant que d'aussi chétives combinai-
sons aient pu influer sur vos déterminations, le choix
pouvait-il être douteux entre des hommes qui ne mé-
ditent que le renversement de la monarchie, et des
hommes qui ont combattu et souffert pendant trente
ans pour sa défense ?

« Etudiez les profonds observateurs, les grands
publicistes qui ont écrit sur la révolution de France.
La mort les a moissonnés; leurs productions nous restent. Vous y verrez la plus parfaite conformité entre
leurs doctrines et celles de tous nos merveilleux écrivains modernes, que vous avez laissé si ridiculement
appeler *ultrà*.

« Il est indispensable d'avoir les yeux fixés sur le caractère et la nature de l'ennemi que nous avons à
combattre. Veuillez faire attention à ce principe important, dont je vous présenterai les conséquences à

la fin de cette lettre. Les artisans de la révolution sont des hommes obscurs, d'un caractère sauvage, léger, arrogant, présomptueux, sans morale, sans probité.

« J'ai eu occasion de voir plusieurs de ceux qui passent pour les moins pervers ; je n'ai rien négligé pour être bien informé du caractère des autres, et je puis certifier que ni mes informations, ni mes observations n'ont pu me faire présumer qu'un seul d'entr'eux ait éprouvé le plus léger regret des calamités dont ils sont la première cause. Leur cœur d'airain est inaccessible au repentir.

« L'athéisme, dont ils font gloire, ayant exclu du plan de leur gouvernement *le principe vital* du monde physique, politique et moral , ils ont en vain tâché de remplir ce vide effrayant par un tas de chimères absurdes. Aujourd'hui même , ils s'occupent encore de leurs constitutions imaginaires avec autant de sang-froid et d'obstination que si leurs complots perfides et impies ne venaient pas de détruire le plus beau royaume de l'univers....

« Je ne me permets pas de douter que, lors de votre promotion au ministère, vos opinions et vos sentimens ne fussent éminemment monarchiques; mais quelques contentions d'amour-propre, quelques légères blessures faites à votre vanité, vous ayant arraché des plaintes, de perfides consolateurs se sont présentés ; ils se sont mis sous votre protection. On leur accorda plus qu'ils ne demandaient : on se montra généreux au-delà de ce qu'ils pouvaient espérer.

« *Admettre un seul principe de ses ennemis, dit*

Burke, c'est leur donner gain de cause sur tous
les points. Aussi vous marchez de concessions en concessions vers la ruine de la monarchie.

« Il serait trop long d'énumérer toutes les fautes
que vous avez faites pendant un si long espace de
temps, et tous les avantages qu'en ont retirés les artisans de troubles et de révolutions ; mais récapitulez
seulement ce qui s'est passé depuis un mois, et
vous serez épouvanté de tout ce que votre faiblesse
leur a laissé conquérir.....

« Je vous le répète, Monseigneur, on vous trompe,
et l'abîme est sous vos pieds. C'est un ami et un ami
bien désintéressé qui cherche à vous éclairer. Sera-t-
il plus heureux que celui dont je vais vous dire l'histoire ? elle est authentique ; je la tiens d'un homme il-
lustré par son génie et ses admirables écrits en faveur
de la cause royale, autant que par les éminens services qu'il a rendus à son prince : c'est M. le comte de
Maistre, auteur des *Considérations sur la France*, et
actuellement président du conseil de S. M. le roi de
Sardaigne. Il l'avait entendu raconter plusieurs fois
par celui des acteurs qui avait survécu, et qui s'était
soustrait par un exil volontaire, aux proscriptions qui
allaient l'atteindre.

«Pétion, membre de l'Assemblée Constituante, avait
laissé à Chartres un ami avec lequel il vivait dans la
plus douce intimité. Pendant quelques mois leur correspondance fut régulière ; elle se ralentit bientôt : Pétion
ne répondait plus. Affligé de son silence, cet ami vint
à Paris : c'était peu de jours avant le 10 août. Il se fait

annoncer chez Pétion, alors maire de Paris, qui se trouble, balbutie et lui demande : *Que me veux-tu?* — Ce que je veux, mon ami? ah! malheureux, tu te perds. Pétion couvrant d'une main ses yeux dont s'échappaient quelques larmes, garda le silence. Pressé de nouveau par son ami : *Laisse-moi, laisse-moi,* lui dit-il en fuyant de ses bras; *mon ami, la terre croule derrière moi, il faut que j'avance.* Six mois après, le malheureux prononce l'arrêt de mort de son Roi; encore six mois, et il périt lui-même, proscrit sur sa terre natale, où son corps fut trouvé à demi-dé-voré par les oiseaux de proie.

« Je suis avec respect, Monseigneur, etc. »

CHAPITRE LXXIII.

Des Royalistes.

Un homme de beaucoup d'esprit et de talent vient de prouver doctement que les royalistes sont de pauvres diables qui ne savent pas gouverner, qui ne sont bons à rien. Voyons.

Premièrement, les royalistes n'ont pu montrer ce qu'ils auraient été comme gouvernans pendant le cours de la révolution, puisque ceux qui échappaient à la mort languissaient dans les cachots et dans l'exil.

Secondement, depuis la restauration, les royalistes
ont toujours eu contre eux la majorité du gouvernement. Or, par principe, devoir, honneur, amour, ils
ne peuvent rien contre le gouvernement du Roi, car
ils ne seraient plus royalistes; donc on n'a pu savoir s'ils
avaient ou n'avaient pas ce qu'il faut pour conduire
les hommes.

Voici donc un singulier résultat : depuis 25 ans,
les royalistes, dépouillés, proscrits, massacrés, subsistent toujours. Aujourd'hui, après tant de calamités,
chassés de toutes les places, calomniés par les ministres
et les révolutionnaires, opprimés par une opinion qui
a parlé seule pendant quatre années, ils se relèvent
plus nombreux, plus fermes, moins découragés que
jamais. Il faut cependant qu'il y ait une certaine force
de caractère, une certaine élévation d'âme, une certaine vigueur de principe et de génie dans ces hommes
si *faibles* et si *médiocres*, pour avoir résisté à des
épreuves si multipliées, si longues, si diverses. Pour
anéantir les capables indépendans, que faudrait-il
faire ? Les oublier pendant quinze jours.

Le genre d'attaque, dirigé par les indépendans contre les royalistes, est gauche et maladroit; car précisément ce qui fait le caractère distinctif des indépendans, c'est leur impuissance à conserver le pouvoir.
Depuis 30 ans, ils n'ont jamais pu garder cette liberté
dont ils font tant de bruit. Pourquoi ne sont-ils pas
restés les maîtres en 89 ? Que sont-ils devenus en 93,
sous Marat; en 95, sous le Directoire ? Quelques-uns
de ceux qui crient si fort n'étaient-ils pas dans la do-

mesticité du tyran Buonaparte, ne se tenaient-ils pas
à la portée de la sonnette, le tout pour être plus libres,
et mieux attester les droits de l'homme? Leurs doctrines sont subversives de tout ordre, comme de toute
forme de gouvernement.

CHAPITRE LXXIV.

Mélanges.

ON a prouvé mille fois aux ministres qu'ils ne savent
ce qu'ils font. Pour ne pas se tromper, ils ont cru
devoir suivre la direction que leur trace la *Minerve!*
Elle a parlé des régicides : les ministres les ont fait
rentrer au mépris de la loi qui les bannissait. La
Minerve a demandé des épurations, des destitutions;
on a éliminé, on a destitué. La *Minerve* a parlé de
pairs; on nous en a donné soixante. Il résulte de ces
faits que la *Minerve* dicte les lois, et que le ministère
obéit. A la France à juger, au ministère à réfléchir
sur la route qu'il parcourt.

C'est une remarque singulière, qu'à toutes les époques de notre histoire révolutionnaire, il y ait eu,
en France, un homme qui a pu sauver l'Etat, et ne
l'a pas voulu. Qu'on prenne garde : Aman périt à la
potence préparée pour Mardochée.

La Chambre des Pairs sera-t-elle détruite ou avilie,
pour satisfaire le dépit et l'ambition de quelques

hommes ? Cette question n'en est plus une. La fournée est entrée ; et les ministres, distributeurs des Pai-
ries à pleines mains, ne s'en tiendront pas là.

Le génie révolutionnaire se reconnaît à un double
caractère ; il est fécond en ruines, impuissant à réparer. Il a renversé l'antique monarchie, sans rien élever de solide. Qu'est devenue la constitution de 1791,
celle de 1793, celle de l'an III, celle de l'an VIII, et
les constitutions impériales ? Le génie révolutionnaire
enfante plan sur plan, système sur système, projets
sur projets, théories sur théories, essais sur essais,
crimes sur crimes, et voilà tout.

On vient de publier, à Londres, une caricature
très-curieuse : elle représente un grand bâtiment très-
majestueux, mais dont plusieurs parties demandent
prompte réparation. Il menace ruine ; et, pour en prévenir la chute, on l'a étançonné avec des tuyaux de
pipe. On lit ces mots sur le fronton : *Monarchie
française.*

Cette monarchie personnifiée est assise sur un
trône ; elle est bottée, cuirassée, et casquée ; mais la
visière est basse et empêche de remarquer les progrès
d'un incendie qui se manifeste depuis les fondemens
jusqu'au faîte de l'édifice. La droite est occupée par
des royalistes, qu'on empêche d'approcher et qui
crient au feu ! Les travailleurs, ministres et ministériels, arrivent du côté gauche avec des seaux vides et
armés de torches. Un beau jeune homme qui est debout sur les marches du palais, les excite, et veut
éteindre le feu avec un soufflet de forge.

~~~~~~

CHAPITRE LXXV.

Gouvernement ministériel.

———————

On a dit, depuis long-temps, que la morale conserve la société, parce que la société vit par les devoirs mutuels qu'elle impose à ses membres, et que la morale consacre ces devoirs. Ne pourrait-on pas appliquer cela au gouvernement ministériel, et dire que la violation de cette règle met en péril le royaume lui-même ? Cette morale consiste principalement, pour ceux qui commandent, dans la récompense des vertus publiques, et dans la répression des délits qui compromettent l'Etat. Que si on parvenait à détruire ces deux principes, également conformes à la raison éternelle, nul doute que le désordre commencerait. Cela est applicable à toutes les sortes de gouvernemens.

Lorsque le peuple d'Athènes envoyait en exil le sage Aristide, il violait cette morale, comme le peuple romain, lorsqu'il chassait Cicéron, et les deux peuples annonçaient également leur décadence. Il n'y a pas d'esprit assez mal fait au monde pour ne pas saisir cette vérité. Si Louis XIV, au lieu de récompenser les exploits de Turenne, l'eût mal accueilli à sa cour, il n'eût point seulement désespéré un grand

homme, il n'eût point seulement commis une injustice,
il eût violé la raison et la morale, il eût compromis
sa dignité, il eût découragé tous ses serviteurs. Quelques envieux auraient applaudi, mais les âmes géné-
reuses auraient gémi en secret et se seraient retirées
dans l'éloignement pour s'honorer de la même dis-
grâce.

Faisons une supposition qui rende toute notre pensée. Un gouvernement a été exposé à de grandes crises : tous ceux qui se sont dévoués pour sa défense
encourent son mépris ; tous ceux qui l'ont assailli reçoivent les récompenses : voilà une monstruosité. Pourquoi cela nous paraît-il ainsi ? parce que nous avons en
nous-mêmes ce sentiment profond de justice qui nous
indique que la morale a été violée. Qu'en doit-il résulter ? il est facile de le voir. La ruine de la fidélité,
et le triomphe de la trahison. Un gouvernement qui
a été capable d'une pareille violation, a compromis
son existence et perdu sa dignité : son existence, en
écartant ses amis, ses soutiens ; et sa dignité, en se
soumettant à des traîtres. Il est inutile d'expliquer
pourquoi un gouvernement qui a été faible à ce
point est un gouvernement sans ressources.

La supposition que nous venons de faire paraîtrait
absurde, si nous n'avions vu, depuis quatre ans, élever aux honneurs de toute espèce ; les hommes qui
n'ont jamais caché leur haine contre la monarchie,
au détriment de ceux qui l'ont toujours défendue. En
vérité cela serait incroyable si on ne le voyait journellement.

Après cela on demande *qui sera fidèle*? Supposez une crise violente ; supposez le trône en danger : qui accourra pour le défendre? En vérité, les ministres font tout ce qu'il faut pour qu'il reste sans soutien. Après avoir vu une première fidélité outragée, une première trahison récompensée, croit-on que l'exemple soit perdu? Jugeons les hommes tels qu'ils sont, et non pas tels qu'ils devraient être. Le malheur est que le ministère n'ait pas su mettre son avantage dans son devoir. Après cette faute, qui est aussi grave que si un tribunal avait frappé un innocent pour absoudre un coupable, il n'y a plus d'espérance que dans cette Providence de qui relèvent tous les empires.

CHAPITRE LXXVI.

Sur le même sujet.

L'AVEUGLEMENT de ceux qui nous ont gouvernés depuis quatre ans est déplorable : toutes les fois que la Providence a voulu nous sauver, ils ont brisé l'instrument de notre salut. Effrayé, mais trop tard, des conséquences de son système, le dernier ministère a voulu l'arrêter et il a disparu.

Aucune espérance ne s'attache à l'administration. Nous avons montré un rare instinct de médiocrité :

si dans les derniers rangs de l'empire, sous Buonaparte, il existait quelques génies secondaires, c'est là
que nous avons été chercher de *grands hommes* pour
la monarchie légitime. Tous les pygmées ont roidi
leurs petits bras pour soutenir les ruines colossales sous
lesquelles on les a placés. Sentant l'inutilité de leurs
efforts, leur vanité blessée les a rendus persécuteurs.

La couronne a cédé sa principale prérogative en
abandonnant, par la loi de recrutement, son pouvoir
sur l'armée. Encore quelques mois, et l'on achevera
l'épuration de l'armée : alors le moment sera venu.

Et que désirent ces révolutionnaires auxquels le ministère s'est abandonné ? la république ? l'empire ? ils
ne savent pas positivement ce qu'ils veulent ; mais ils
savent très-bien ce qu'ils ne veulent pas : ils ne veulent pas la légitimité. Peu leur importe ce qu'ils met-
tront à sa place. Ils espèrent que toutes les places se
trouveront dans leurs mains au moment de la catastrophe, et que le changement s'opèrera d'un commun
accord, sans résistance, sans coup férir.

Une Convention amenée par une loi d'élection démocratique, une armée elle-même démocratisée et
obéissante à cette Convention, il n'en faut pas davantage aux factieux. Une poignée d'intrigans sans capacité suffisent, au moyen du système adopté : de vils et
faibles animaux minent quelquefois les fondemens
d'un palais, ou percent un vaisseau de haut-bord.

On a introduit mille germes de destruction dans l'é-
tat, et l'état est menacé de périr. En vain nous espérons que les maximes qui ont déjà perdu la monar-

chic la sauveront. Préconiser ces maximes après le
mal qu'elles ont fait, c'est imiter les Romains qui
mettaient au rang des Dieux les monstres qui les
avaient dévorés. Jamais il n'a existé d'empire sans religion et sans justice, et il n'en existera jamais. Or, la
religion où est-elle ?

Quant à la justice, où la trouverons-nous ? où sont
les cœurs qu'elle a réjouis, la famille qu'elle a visité,
le serviteur fidèle qu'elle a couronné de ses mains ?
On a réduit l'ingratitude en système, et constitué la
trahison comme un pouvoir. Chacun cherche en quoi
il a mérité de la légitimité, pour connaître ce qu'il a
à perdre; on compte ses vertus passées pour deviner
ses souffrances à venir.

Il n'y a d'extraordinaire dans tout ceci, que la
conduite des ministres chargés du salut de l'état : la
position du reste est naturelle. Les Jacobins veulent
renverser le trône ; les honnêtes gens veulent le soutenir : c'est dans l'ordre. Les révolutionnaires font leur
métier; les royalistes font leur devoir.

CHAPITRE LXXVII.

Système ministériel au 19 juin 1819.

———

Les ministres rejettent la doctrine des régicides, et
pourtant ils font revenir les meurtriers de Louis XVI;
ils se plaignent que M. Bignon ne répond pas! Mais,
pourquoi répondrait-il? Son discours n'a-t-il pas
produit ce qu'il devait produire? Les régicides ne
sont-ils pas rentrés?

Les ministres s'emportent contre les doctrines démocratiques. Mais pourquoi les ont-ils appelées à
leur secours? Les ministres sont abandonnés par les
amis de leur choix. Mais, pourquoi ont-ils préféré les
hommes des Cent-Jours aux hommes qui avaient gardé
leurs sermens? Les hommes des Cent-Jours ne sont-ils
pas les seuls esprits éclairés, les seuls citoyens vertueux, les seuls administrateurs habiles?

Nous autres royalistes, n'allons pas nous hâter de
croire à la conversion des ministres, parce qu'ils ont
défendu, un moment, les opinions monarchiques. On
peut être victime, il ne faut jamais être dupe. Avant
peu, nous éprouverons le contre-coup de cette séance.
On jugera nécessaire d'apaiser la révolution, de se
rapprocher, à nos dépens, des hommes que l'on a

accusés de calomnie. La *Correspondance privée* redoublera de fureur contre nous; il nous en coûtera cher : les larmes d'un royaliste sont le baume avec lequel on guérit les plaies d'un révolutionnaire. Qui sait si nos larmes suffiront, et s'il ne faudra pas donner encore un peu de notre sang !

Veut-on savoir ce que tout cela signifie ? Pourquoi tant de bruit à propos d'un vieux discours de M. Bignon ? C'est qu'une opinion menaçante commençait à se former. Les ministres étaient accusés par la France et par l'Europe de verser dans le sens révolutionnaire. On avait besoin d'une réponse au dedans, d'une dépêche au dehors. Partant grande scène; et puis on s'écrie : « Voyez comme nous sommes forts et justes ! Si nous frappons sur les hommes de droite, nous savons aussi, quand il le faut, tomber sur les hommes de gauche. On nous a calomniés !!! »

Alors les ambassadeurs écrivent, les journaux surpris applaudissent, les niais admirent, les faibles se taisent, les égoïstes dorment en paix, les ambitieux intriguent, et le ministère rit. De cette colère officieuse contre un parti qu'on aime, on acquiert un nouveau droit de persécuter les royalistes qu'on déteste.

On prétend que les ministres sont désolés de la liberté de la presse : ils étaient peu effrayés lorsque l'opinion démocratique parlait seule. Attaquer la religion, ébranler les principes de la royauté, calomnier les hommes monarchiques, tout cela n'était rien; mais aujourd'hui que l'opinion royaliste se défend, qu'elle ose soutenir le trône et l'autel, le ministère serait-il alarmé?

Sans doute il serait plus commode pour un ministère, à la fois piteux et violent, de régner avec la censure, de lâcher les jacobins sur les royalistes, sans permettre à ceux-ci de se défendre.

Cette maudite liberté de la presse gâte tout ; elle empêche les ministres de perdre la France tout à leur aise. Avec cette liberté, il n'y a pas un petit grand homme qui puisse être certain de n'être pas un sot, ni un ministre mal intentionné qui soit sûr de coucher au ministère.

Les moyens des ministres sont nuls ; leur système est insensé ; ils n'échapperont point à leur ruine. Bien habile qui prévoirait aujourd'hui ce qu'enfanteront demain la légèreté et l'impéritie, pour perdre le royalisme. Vains efforts ! le royalisme ne périra jamais ! C'est une plante naturelle au sol de la France : ses racines sont enfoncées si avant dans notre religion et dans nos mœurs, qu'on ne peut parvenir à l'arracher. Depuis trente ans on la fauche, et elle repousse sans cesse ; aussitôt qu'on la cultive, elle abonde et couvre tout.

Ministres qui causez nos alarmes, combien il vous serait facile de nous rendre heureux, et d'attirer des bénédictions sur vos têtes ! Changez de système, devenez monarchiques ; ne vous obstinez pas à tout sacrifier à un fantôme révolutionnaire qui n'existe que par votre propre volonté ; soutenez la religion ; embrassez la Charte, et nous marcherons sans efforts dans le calme le plus complet, vers le plus haut point de prospérité où un peuple puisse atteindre.

Nous le répéterons éternellement : il y avait, après la restauration, deux routes : l'une, étroite et tortueuse, pour parvenir à notre perte ; l'autre, large et droite, pour arriver à notre salut. Le ministère a suivi constamment la première. Aveuglé par la haine, irrité par le mauvais succès, il a crié contre les royalistes, et s'est jeté tête baissée dans les intérêts moraux révolutionnaires. Le résultat de cette conduite a été d'établir le trouble au sein du repos, la crainte de l'avenir au milieu de la sécurité du présent. On a fait tout ce qu'on a pu pour détruire la monarchie ; et, si elle existe encore, c'est que les royalistes sont sans cesse occupés à replacer les pierres de l'édifice que les ministres démolissent sans cesse.

De tant de coups, il en résulte un grand et dangereux état de faiblesse. Le moindre choc, le plus petit événement mettrait en péril cette société dont on n'a pas affermi les bases. Les ministres ont blessé toutes les opinions, froissé tous les intérêts, outragé tous les hommes, exaspéré tous les partis ; et ce faisant, ils ont tout préparé pour une catastrophe.

P. S. Depuis la séance du 19 juin, où M. Decazes parut royaliste, la *Correspondance privée* a redoublé d'outrages et de bassesse. Croyez, après cela, que l'on a changé de système!

CHAPITRE LXXVIII.

Correspondance.

Quelque usée que soit, depuis quelque temps, la *Correspondance privée*, elle ne laisse pas que de continuer à salir les colonnes du *Times*; et les royalistes, comme de coutume, y sont toujours un sujet de diatribes. Ils voudraient avoir toutes les places, y disait-on dernièrement. Supposé que ce soit là leur goût, il faut convenir qu'ils n'ont pas de grands sujets de satisfaction.

Le ministère a repoussé les hommes fidèles, et encouragé ceux qui ne l'étaient pas. Il a commencé à calmer les craintes de la trahison, et bientôt la trahison est devenue un titre; il a composé avec le crime, et le crime lui a imposé des conditions; il a oublié les lois relatives aux meurtriers de Louis XVI, et cette dernière concession n'a pas même satisfait les hommes pour lesquels elle était un gage. Ils se plaignent; ils élèvent une lamentable voix pour les conventionnels tout couverts du sang de leur Roi et des crimes de 1793. Leur plume n'a pas assez d'éloquence, leur philantropie assez de larmes! Toutefois l'Europe vit, pendant vingt ans, des hommes vertueux proscrits, errans, et cherchant un asile pour cacher leur misère; et aucune page ne présente leur nom.

Vous parlez de repos, et vous remuez toutes les passions; vous voulez que les haines s'éteignent, et vous réveillez tous les ressentimens; vous voulez qu'on oublie le passé, et vous le rappelez sans cesse avec les hommes qui le colorèrent du sang de nos familles.

Une autre correspondance, qui n'est pas dirigée par un ministre, dit que les hommes, qui exploitent l'Etat d'une manière si singulière, ne peuvent pas tenir; que M. Dessolle vraisemblablement sera remplacé par un homme d'esprit sachant parler; M. de Serre par un magistrat qui connaisse le Code Civil, et qui ne croit pas saine la Convention; M. Saint-Cyr par un maréchal qui aime la Garde royale, les Vendéens et les Suisses; M. Decazes par un homme d'Etat capable de mener les affaires, au lieu d'être mené par elles; M. l'abbé Louis par un financier tel que M. Bricogne. Au fait, tout cela se pourrait.

~~~~~~

CHAPITRE LXXIX.

Système ministériel.

Tout le monde se demande pourquoi le ministère s'obstine à garder un système si contraire au sens commun? pourquoi il appelle au pouvoir des hommes qui n'ont jamais caché leur sentiment contre la monarchie; qui trahiraient dix fois les Bourbons comme ils les ont trahi une première? On a répondu que les talens se trouvaient parmi les libéraux; que les royalistes n'ont pour eux que leurs préjugés.

Certes, si jamais le siècle présent est cité dans les âges futurs, ce ne sera pas pour les talens des ministériels ou des révolutionnaires. S'il est des écrivains pleins de vigueur, des esprits du premier ordre, des lumières véritables, ils sont dans les rangs des royalistes. Où est le révolutionnaire ou le ministériel qu'on puisse comparer avec MM. de Chateaubriand, Fiévée, la Mennais Sallaberry, la Bourdonnaye, Villèle, Corbière, Bonald et tant d'autres?

Comment imaginer que le ministère ne voit pas le talent là où il est? ce serait l'accuser de trop d'ineptie. Nous pensons qu'il le distingue très-bien, mais qu'il a peur d'un rapprochement. Des ministres qui sont plus avides de conserver leurs places que de sauver leur patrie, se garderont bien de s'entourer d'hommes dont le génie fasse ressortir leur nullité. Nous pensons qu'ils préféreraient pour collègues, MM. Tarre et Cuillère ; à MM. de Villèle et de Bonald.

Quand nous vîmes le fameux duc d'Otrante, le régicide Fouché, ministre de la légitimité, nous avons cru la France perdue. Les Cent-Jours firent tomber tous les masques. D'un côté étaient les amis, de l'autre les ennemis. On préféra les derniers.

Si, [placer un royaliste et un jacobin, celui qui a rempli tous ses devoirs et celui qui les a violés tous, celui qui a fait le bien et celui qui a fait le mal , est une monstruosité, une trahison, un crime politique ; comment appellerons-nous toutes les concessions faites à la révolution ? Un service rendu à la monarchie légitime est une cause sûre d'exclusion. Malheur à celui qui a donné le scandale de la fidélité ? Plus la félonie est récente plus elle est recherchée. Comment appellerons-nous cela ? Comment justifier une pareille horreur ?

Dans tous les temps on a négligé quelques serviteurs, oublié quelques services, mais a-t-on jamais poussé l'absurdité au point d'écarter tous les amis du trône pour ne l'environner que de ses ennemis ? Ce spectacle d'ingratitude est pour le peuple la plus violente des tentations et la plus profonde des corruptions morales et politiques. Qui servira si on ne récompense jamais ? Qui ne voudra trahir si les honneurs et la fortune sont le prix de la trahison ? Quelle démence de confier la monarchie à la démocratie, la paix du monde à ceux qui n'ont cessé de la troubler !

Ce système ministériel dont les conséquences sont

si funestes, n'a pour appui que les hommes les plus
médiocres et ces agens du pouvoir qui reçoivent de
leur émolumens leur consciense et leur pensée. Ce
système n'est qu'une machine révolutionnaire où l'on
restaure les vieux jacobins, et où l'on en fabrique de nouveaux. Se rassurer sur la paix qui règne en France, serait bien mal comprendre les choses. Cette paix vient
de la lassitude des peuples; elle vient du triomphe
complet que la faction révolutionnaire a obtenu au
moyen du système ministériel : on ne s'agite pas lorsqu'on triomphe.

En France, nous l'avons déjà dit, si nous étions
assez malheureux pour éprouver une révolution nouvelle, cette révolution n'arriverait point par le peuple : quand la loi des élections aura produit une chambre tout-à-fait démocratique, quand la loi du recrutement aura corrompu l'esprit de l'armée, quand le
système ministériel aura chassé tous les officiers royalistes, tous les administrateurs royalistes, une révolution pourrait être l'affaire d'une proclamation. Voilà
ce qu'il faut voir s'il l'on est homme d'Etat : tel serait
le résultat certain du système ministériel, si ce système était encore longue durée.

CHAPITRE LXXX.

Travailleurs ministériels.

LE *Drapeau Blanc*, du 16 juillet, a beaucoup trop
de bonté quand il s'occupe de la question de savoir
lequel des travailleurs de M. Decazes est le plus habile ; tandis qu'aucun d'eux n'a besoin d'habileté.
Aucun ne doit regarder si son style est pur, précis,
coulant, orné ou dénué de grâces ; si ses pensées sont
justes et neuves, étranges ou communes, fausses ou
vraies, claires ou obscures ; il faut seulement qu'il
soit de l'avis et du goût de celui qui paye ; ce qui arrive toutes les fois que les mots *indépendant, libéral,*
constitutionnel, ministériel, républicain, aristo-
crate, patriote, ultrà-royaliste, liberté, égalité,
despotisme, union et oubli se trouvent vingt fois à
chaque page ; alors l'ouvrage est excellent. Ces épi-
thètes sont autant d'hiéroglyphes que les adeptes
savent entendre, que les initiés poussent en avant ; ce
sont autant de véhicules dont les ministres se servent
pour fonder leur pouvoir éphémère ; oui, éphémère,
car pour qu'un gouvernement soit durable, il faut
un principe vital qui anime et conserve, et ce principe est la justice. Le système républicain lui-même,

plante exotique sur le sol français, se serait maintenu
plus long-temps, s'il s'était trouvé parmi ses sectaires
des hommes capables d'en opérer l'organisation; mais
on nommait législateurs des barbiers, des crieurs
publics, des hommes étrangers à la législation. Chacun
se disait selon M. Berchoux :

> Oh! qu'une république a de charmes pour moi !
> Qu'il est doux de n'avoir de souverain que soi !
> Heureuse la contrée, aux mœurs républicaines,
> Où chacun de l'Etat à son tour tient les rênes;
> Où de fiers citoyens, bons à tous les métiers,
> Le matin font des lois, et le soir des souliers !

Les écrivains ministériels ont donné une nouvelle
preuve de leur politesse et de leur discernement. *Chaque jour*, disent-ils, *décèle la stérilité de leur esprit,
la futilité de leur science, la faiblesse de leur raison.*
C'est en ces termes que s'exhale la fureur de quelques
misérables libellistes, dont la réputation n'est pas
moins obscure que la doctrine, contre des hommes
dont la gloire littéraire est l'orgueil de la France,
comme leur caractère est l'admiration de l'Europe.
C'est aux insultes de pareilles gens, que sont livrés,
sous les yeux et par les ordres des ministres du Roi,
tout ce que la France compte de plus éminent, de
plus illustre, de plus respectable par la réunion des
vertus et du génie. C'est ainsi qu'on traite MM. de Chateaubriand, de Villèle, de Bonald, de la Mennais, etc.;
en un mot, les hommes les plus célèbres de la France,
convaincus du double crime d'être royalistes, et de
défendre les principes de la monarchie avec un talent

dont la supériorité suffirait pour faire rentrer dans le néant, et pour réduire au silence de la honte les stupides adversaires de la plus noble des causes.

Aucun des travailleurs de M. Decazes n'ose avouer la *Correspondance privée*, cette jonglerie ministérielle! Tous se disculpent avec une noble indignation d'un soupçon aussi outrageant. S. Exc. seule, Mgr. le Ministre, auquel un noble pair l'a attribuée, auquel l'Europe entière l'attribue, ne l'a pas niée, ne la nie pas, ne la niera jamais. Quelle résignation! quelle humilité! ajoutons aussi quelle responsabilité!

CHAPITRE LXXXI.

Hommes du 21 janvier.

IL s'est commis en France de grands crimes pendant les trente années de la révolution. Le plus grand, sans doute, est l'assassinat du juste couronné, commis par des hommes qui se sont constitués eux-mêmes *accusateurs, témoins et juges;* et ce peu de lignes renferme le plus haut degré de perversité humaine et de dépravation sociale.

Ont-ils réfléchi à ce qu'ils faisaient ces imprudens

amis, lorsqu'ils ont demandé de rappeler en France
des hommes qu'ils n'osent pas même nommer? Se-
raient-ils, dans cette circonstance, les instrumens
aveugles d'une puissance qui se joue de nos espérances
et de nos projets, et qui fait servir à l'ordre immuable
de sa justice le désordre de nos jugemens?

On a donc prononcé un *sursis indéfini* au bannissement de ces mêmes hommes qui ont refusé à leur Roi un
sursis de quelques jours à une condamnation à mort. Je
défie qu'on trouve dans aucune histoire et chez aucun
peuple un plus douloureux rapprochement. L'ima-
gination la plus fertile en hypothèses ne saurait en
imaginer le motif; et, ministre du Roi, j'aurais mieux
aimé être jeté à la mer avec une pierre au cou, que de
donner à la société un si grand scandale, un scandale
tel que je ne crois pas que rien de semblable ait été
vu dans aucune société; et, après le meurtre du Roi
lui-même, le *sursis indéfini* au bannissement de ses
meurtriers me paraît l'événement le plus monstrueux
dont nous ayons été les témoins ou les victimes!

Horrible inconséquence! Si les hommes du 21 janvier avaient usurpé à la fois les fonctions d'accusateurs,
de témoins et de juges pour traîner à l'échafaud le particulier le plus obscur, le vagabond sans feu ni lieu, et
qui n'aurait été réclamé par qui que ce soit, aucune voix
ne se serait élevée en leur faveur, et l'autorité n'aurait
pas osé leur prêter son appui. Est-ce donc parce qu'ils
ont usurpé ces mêmes fonctions pour condamner un
Roi, qu'ils paraissent dignes d'intérêt, de l'intérêt même
du gouvernement royal, et faut-il violer toutes les lois,

insulter à toutes les bienséances, braver l'honnêteté publique, pour leur épargner le supplice de vivre partout ailleurs que dans le pays qu'ils ont déshonoré et livré à tous les fléaux de la désolation et de la conquête ?

En France les événemens se pressent. Le système ministériel fait des progrès. M. Martainville verra, dans un mois, ce qu'il ne croyait voir que dans trois années. *Si on ne change pas*, disait-il, *la loi anti-monarchique des élections, avant trois ans Louis XVIII verra, dans la France royale, s'élever vers son trône, pour lui prêter serment de fidélité, des mains encore teintes du sang de son frère.*

CHAPITRE LXXXII.

Ministère.

LE ministère, depuis 1815, a eu la prétention d'être *le gouvernement du Roi*, comme le Directoire avait la prétention d'être *le gouvernement de la révolution*. Le Directoire n'a fait que des sottises, parce qu'une révolution ne se gouverne pas; le ministère, depuis 1815, n'a fait que des fautes, parce que dans une monarchie, le gouvernement du Roi est le Roi, et non les ministres du Roi. Le gouvernement est ce qui ne change pas, ce qui par conséquent établit de la stabilité dans les principes, dans les institutions, dans la marche des affaires; et c'est pourquoi on dit en France : le roi ne meurt pas. Le ministère, au contraire, est ce qu'il y a de plus variable en politique ; et c'est parce qu'il a lui-même l'idée de son instabilité, qu'on le voit sans cesse chercher des forces dans le parti ministériel ou révolutionnaire, auquel il confie les charges et le pouvoir.

On se demande comment il a pu venir dans la pensée d'un ministère de proclamer qu'il était le gouvernement, et de donner ainsi un démenti à la croyance de tous les siècles. Certes, jamais on n'avait rien dit de pareil sous la monarchie, sous la Convention, sous le Directoire, sous l'empire. Le nom de système

13

représentatif aurait-il changé la nature du ministère ?
Ce serait accorder aux mots une puissance qu'ils n'ont
pas; cependant je ne serais pas étonné que des mots
nouvellement adoptés eussent une influence extrême
sur des hommes trop ignorans pour aller au fond des
choses, et alors il serait vrai de dire que, depuis que
le ministère français a annoncé la prétention d'être le
gouvernement, il a fait tout ce qui était en son pouvoir pour qu'il lui fût impossible de réussir.

Le ministère de Louis XVIII distingue, entre les assassins de Louis XVI, ceux qui peuvent revenir les
premiers! Quelle habileté, quelle force d'esprit il
faut avoir pour faire de semblables distinctions! L'é-
poque où l'on joue avec le plus grand des crimes est
peut-être plus corrompue que l'époque où il s'est
commis; et si la postérité se demande pourquoi les
régicides sont devenus un objet de discussion en l'année 1819, elle rougira de répondre.

Si la France est retombée dans les doctrines de la révolution, à qui la faute? aux ministres qui se sont appuyés sur elle. Demandez-leur de changer de système:
ils riront. Est-ce qu'un système politique n'est pas le
résultat du caractère et des lumières de celui qui les
met en mouvement? Il y a un proverbe persan qui
n'est pas assez connu en France : « Si on vient vous
dire qu'une montagne a changé de place, vous pouvez le croire ; si on vous dit qu'un homme a changé
de caractère, n'en croyez rien ». Un ministre n'a jamais changé de système. Quand on veut changer de
système, on change de ministres.

CHAPITRE LXXXIII.

Sur le même sujet.

On remarque que les ministres et les ministériels attaquent toujours les hommes monarchiques, et jamais les révolutionnaires. On parle d'un coup d'Etat ! Deux même sont possibles de la part de leurs excellences : le premier serait de s'en aller ; le second de se faire royalistes. L'un ou l'autre sauverait la patrie.

Des ministres qui rendent à la France les meurtriers de Louis XVI, traîtres à Louis XVIII pendant les Cent-Jours, de tels ministres sont de la race de ces hommes envoyés par le ciel pour la désolation des empires.

Lorsque les plus grands coupables des Cent-Jours occupent des places supérieures dans l'Etat, n'est-ce pas une injustice que d'exiler des hommes pour les mêmes trahisons qui valent à d'autres hommes des honneurs et des richesses ?

Est-il une action criminelle, une maxime funeste qui ne soit autorisée par les principes et la conduite du ministère ?

Quand les ministres du Roi ne jugent plus à propos d'être royalistes, quand ils persécutent les amis du trône, quand ils foulent aux pieds la religion de l'Etat, quand ils applaudissent aux doctrines révolutionnaires, quand ils louent la majorité de la Convention, quand ils se disent le gouvernement, quand ils rappellent les régicides, faut-il s'étonner si quelques gens suivent l'impulsion qu'on leur donne? *Quidquid delirant reges, imitantur achivi.* Qu'on ne s'y trompe pas : le peuple ira bientôt embrasser les sans-culottes, s'il voit les ministres leur donner la main, parce qu'on va toujours plus loin que ses modèles, et qu'en copiant le ridicule on fait des caricatures.

N'avons - nous pas vu M. Bavoux, contrefaisant l'orateur populaire, reproduire à tort et à travers tout ce qu'on débite d'impertinences dans le parti libéral? Convaincu qu'il avait le droit de faire des extravagances, lorsque les ministres font tant de sottises, il ne s'est pas mis en peine de garder de mesure, et voulant s'élever à la hauteur de ses originaux, il les a dépassés. On a paru lui faire un crime de son audace. Cependant que peut-on lui dire? Le scandale des exemples qu'on lui a donnés est son excuse, de même que sa condamnat'on eût été une satire sanglante des ministres.

Ainsi toute la faute retombe sur eux. S'ils savaient ménager la bienséance, le peuple n'en sortirait point; s'ils savaient respecter les lois, le peuple n'y porterait pas atteinte; s'ils n'avaient pas été les premiers à dénigrer la fidélité malheureuse. le peuple ne l'aurait point tournée en ridicule; s'ils avaient su proclamer et défendre les principes de la légitimité, le peuple n'aurait point remué de nouveau la fange des idées anti- sociales ; si enfin les ministres s'étaient franchement montrés royalistes et chrétiens, le peuple ne rougirait point d'aimer un Roi et de croire en Dieu.

Mais pourquoi les ministres voudraient-ils que nous fussions plus sages qu'ils ne le sont eux-mêmes? Où est le droit de punir, lorsqu'on est soit-même coupable? Que fait-on maintenant que nos ministres ne fassent tous les jours? Quand on se conduit comme eux, ne donne-t-on pas à penser qu'on prétend encourager toutes les dépravations et qu'on se soucie fort peu du bouleversement de la société?

Français, vous qu'il est si facile de conduire aux belles pensées, ne rougissez pas d'être royalistes, parce que nos ministres ont cessé de l'être. Laissez-les crier haro sur les véritables défenseurs du trône. Ces derniers sont suffisamment rassurés par leur conscience.

Et vous, jeunes gens, qu'on cherche à corrompre, fermez l'oreille aux maximes séditieuses. Repoussez des discours perfides, ne croyez pas qu'on ait raison parce qu'on a droit de vous instruire; respectez le maître, mais méprisez les leçons, et malgré l'autorité de l'exemple, restez royalistes et français.

~~~~~~

CHAPITRE LXXXIV.

Indépendans ou révolutionnaires.

———

QUOIQUE en petit nombre, eu égard aux bons
citoyens, les indépendans préparent la ruine de la
France et l'embrasement de l'Europe dans ses quatre
coins. Ils s'essaient déjà par des meurtres et des révoltes ; ils affectent, comme nos premiers révolutionnaires, de parler au nom de la liberté, lorsqu'ils ne
songent qu'à l'asservissement des peuples. Ils outra-
gent la royauté, ils menacent ceux qui la défendent ;
ils justifient le régicide ; ils appellent injuste la loi qui
l'a puni ; ils provoquent les mêmes crimes par le
même langage ; ils s'adressent aux passions, à l'ignorance, aux préventions : appuyés sur le système ministériel français, qui seul les a fait revivre, ils comptent
armer la moitié des peuples contre l'autre moitié.

Mille faits témoignent que nos indépendans ont seulement changé de nom, et que toute la révolution vit
au fond de leur cœur. Le plus frappant, après l'iden-
tité des principes, c'est l'empressement avec lequel le
parti accueille dans son sein tous ceux qui ont eu le
malheur d'illustrer leur carrière par de grands attentats politiques. S'il existe encore des membres d'une

Convention à jamais célèbre, qui se soient signalés par
leurs motions ou par leurs votes, certes, ces hommes
sont dans les rangs des indépendans. S'il est des représentans du peuple qui aient fait couler le sang français, s'il est des orateurs de club qui aient soulevé la
populace, s'il est des chefs de Vandales qui aient conduit des citoyens armés à la démolition des châteaux
et des églises, s'il est enfin des hommes couverts de
tous les crimes révolutionnaires : où sont-ils ? Dans les
rangs des indépendans. Je ne veux pas dire que tous
les indépendans soient des révolutionnaires ; mais tous
les révolutionnaires sont indépendans, cela est un fait.

Voyez les candidats proposés pour les élections : quiconque a traversé nos trente années de malheurs en chef
de parti, en agitateur populaire, est présenté comme un
Français recommandable : ceux qui ont juré haine à la
royauté, ceux qui ont persécuté les prêtres, qui les
ont déportés, qui ont conduit les pompes des fêtes de
Robespierre, qui ont signé des arrêts de mort contre
des classes entières de citoyens : ceux-là, dit-on, ont
un caractère d'indépendant qui doit les faire élire.
Nous aurions peur de paraître exagérés, en reprodui-
sant la vérité à ce sujet.

Si donc les indépendans sont les héritiers des doctrines, des vœux et des projets de la révolution, il
semble que les gouvernemens doivent se mettre en
garde contre eux. Ailleurs, on agit vigoureusement ;
mais, en France, que fait-on ? En France, les ministres caressent les agitateurs ; ils les appellent auprès
d'eux, leur donnent les places, mettent en leurs

mains la sûreté et le salut du royaume. D'un autre côté, ils font la guerre aux hommes monarchiques, ils les destituent : admirable politique!

Il n'y a point de vétéran de la révolution dont on ne s'efforce de faire un ministériel, et cela est facile; car les révolutionnaires sont sûrs de gagner beaucoup avec le ministère, et ils ne risquent de rien perdre. Avec cette assurance de la part des ministres, la révolution va son train; les pamphlets publient des choses scandaleuses; les lithographes impriment des tableaux impies; les prêtres sont représentés sous la figure de singes; la gloire de Buonaparte est célébrée de mille manières; on outrage le malheur, on insulte la fidélité; on est allé jusqu'à émettre le vœu d'une nouvelle Convention populaire. A qui la faute de tout cela? Au système ministériel, vrai fléau de la France et de l'Europe.

CHAPITRE LXXXV.

D'une vérité grave, suivie d'un mot pour rire.

Il n'y a pas aujourd'hui, en France, deux hommes qui ignorent cette vérité : que le ministère, en repoussant les royalistes, prouve qu'il conspire contre la royauté. Les royalistes sont au trône ce que la racine est à l'arbre ; et qui coupe la racine, veut la chute de l'arbre. Le ministère prouve de deux choses l'une : ou qu'il ne désire pas l'affermissement du trône, ou qu'il ne sait pas comment les trônes s'affermissent.

La session est terminée. Les ministres, dont les discours graves étaient si divertissans, les improvisations si naïves, les emportemens si indiscrets, les disputes si instructives, les colloques semés de mots si célèbres, ne causeront plus avec le vulgaire qu'en style d'ordonnance ; or, comme ce sont les commis des ministres qui font les ordonnances, il est impossible qu'elles aient le sel, le piquant des œuvres originales de leurs excellences. Un confident, qui oserait montrer autant d'esprit que le héros, violerait toutes les règles de l'art.

Les ordonnances se borneront donc tout simplement, et sans bruit, à miner la monarchie, à désorganiser l'armée, à destituer les royalistes, à rappeler un à un, ou deux à deux, les intéressans régicides; enfin à faire le lit des jacobins pour la prochaine session. Cela a bien son mérite assurément; mais voici le mot pour rire.

M. le comte Decazes, dépouillant sa grandeur, continuera sans doute, sous le voile transparent de *l'incognito*, à se révéler à nous dans la *Correspondance privée*. C'est encore là que, de temps en temps, il sera donné aux curieux d'entrevoir le grand homme *en robe de chambre*. Mais qu'il est affligeant pour nous autres Parisiens, qui possédons sur le quai Malaquais un si beau génie, d'être forcés de l'aller chercher à Londres ou à Augsbourg! Ne pourrait-il pas nous abréger le chemin! Sa *Correspondance* aurait-elle moins de charmes, serait-elle moins familière, moins privée, quand il la daterait de Pantin ou de Charenton?

CHAPITRE LXXXVI.

De la Vendée.

Dans un article qui remplit toute la 44e livraison du *Conservateur*, M. de Châteaubriand rappelle ce que la Vendée a fait pour la monarchie, puis il dit ce que les ministres du souverain légitime ont fait pour la Vendée.

Dans ce que la Vendée a fait pour la monarchie, M. de Châteaubriand cite une foule de braves, dont les noms, dit-il, sont aujourd'hui l'unique patrimoine de leur famille. Nous passerons sous silence ces noms et ces combats, et ces victoires remportées sur des milliers de patriotes, de républicains et de réquisitionnaires que la *majorité saine* de la Convention envoyait à la mort, pour prolonger son horrible existence.

Nous partageons l'admiration de M. de Châteaubriand sur la conduite héroïque des Vendéens; nous sommes d'avis avec lui que la guerre de la Vendée, pendant les Cent-Jours, a fait le plus grand bien à l'autorité légitime : elle diminua l'armée du nord d'une quinzaine de mille hommes. Hé bien! supposons que ces quinze mille hommes eussent pu rejoindre Buo-

naparte, nous demandons quel eût été le résultat de
la bataille de Waterloo ? A quoi le succès de cette
bataille a-t-il tenu ? Quel léger poids pouvait faire
pencher la balance ! Que seraient devenues l'Europe et
la légitimité en cas de revers ? Le général Gourgaud va
répondre :

« On se proposait de disperser les Anglais et de
« chasser les Prussiens au-delà du Rhin. Cela obtenu
« tout était terminé ; une révolution dans le minis-
« tère avait lieu à Londres ; la Belgique se levait en
« masse : toutes les troupes de la rive gauche du Rhin ,
« celles de Saxe , de Bavière , de Wurtemberg , etc. ,
« fatiguées du joug de la Prusse et de l'Autriche , se
« tournaient du côté de la France , etc. » Il est possible que les événemens eussent trompé tous ces cal-
culs ; mais du moins il est certain que le sang du
second la Rochejacquelein et du second Charrette et
de plusieurs autres royalistes n'a pas inutilement coulé
pour les rois de l'Europe.

M. de Châteaubriand prouve que dans aucun pays,
que dans aucun temps , jamais sujets n'ont servi leurs
rois comme les Vendéens ont servi le leur. Les faibles
moyens avec lesquels ils ont commencé une lutte gigantesque, en rendent les résultats plus prodigieux.

Les Vendéens eurent pour premières armes quelques méchans fusils de chasse, des bâtons, des faux,
des broches et des fourches. Leurs cavaliers étaient
montés sur des chevaux de labourage ; ils se servaient
de bâts faute de selles , de cordes au lieu d'étriers. On
voyait sur le champ de bataille , en face des troupes

républicaines, des paysans en sabots, vêtus d'une casaque brune rattachée par un mouchoir en forme de ceinture. Leur tête était couverte d'un bonnet ou d'un chapeau rond à grands bords. Lorsqu'ils avaient un sabre, ils l'attachaient à leur côté avec une ficelle.

La bravoure des Vendéens était reconnue même de leurs plus implacables ennemis. L'antiquité ne nous a point transmis de paroles plus belles que celles de la Rochejacquelein : *si j'avance, suivez-moi; si je recule, tuez-moi; si je meurs, veugez-moi.*

Le général Turreau a peint la Rochejacquelein dans une seule ligne : J'ai ordonné au général Cordelier, écrivait-il, de faire déterrer la Rochejacquelein, et de tâcher d'acquérir des preuves de sa mort ». Quel est donc cet étrange jeune homme dont il faut déterrer le cadavre pour tranquilliser une république qui comptait dans ses camps un million de soldats victorieux ? Quel est donc ce héros de 21 ans qui causait aux ennemis des rois la même frayeur qu'inspirait aux Romains le vieil Annibal exilé, désarmé et trahi ?

Les talens seuls marquaient les rangs parmi les chefs de la Vendée. Le noble obéissait au roturier, le rotu-rier au noble, selon le mérite ; et tandis que la Convention décrétait l'égalité et la liberté en créant le despotisme, l'égalité et la liberté ne se trouvaient qu'à l'armée royale et catholique de la Vendée.

Buonaparte qui se connaissait en choses extraor-dinaires, avait surnommé les Vendéens *le peuple de géans.*

Dans le cours de sept années, depuis 1793 jus-

qu'à 1799, on compte dans la Vendée et dans les provinces de l'Ouest, deux cents prises et reprises de
villes, sept cents combats particuliers et dix-sept
batailles rangées. La Vendée tint de soixante-dix à
soixante quinze mille hommes sous les armes; elle
combattit et dispersa 500 mille hommes de troupes
réglées et six cents mille réquisitionnaires et gardes
nationaux; elle s'empara de 500 pièces de canon et
de plus de 150 mille fusils.

Plus de six cents mille royalistes ont péri dans les
guerres de la Vendée. Presque tous les chefs trouvèrent
la mort sur le champ de bataille ou dans les supplices.
On évalue à 150 millions la perte causée par l'incendie des moissons, des bois, des grains, des bestiaux.

Ministres du Roi légitime, qu'avez-vous fait pour ce
pays? Avez-vous pansé les plaies du Vendéen? Avez-
vous couvert sa nudité, relevé ses cabanes, soulagé
son infortune? Quelle mesure avez-vous prise pour la
restauration de cette province fidèle? Quelle ordonnance est venue la consoler? Quelle loi reconnaissante
a voué à l'admiration de la postérité tant de nobles sacrifices? Loin d'accueillir le Vendéen, ne l'avez-vous
pas repoussé? Ne vous aurait-il pas paru suspect?
N'auriez-vous point cherché des conspirations dans
le sanctuaire de la fidélité? N'auriez-vous point
préféré aux Vendéens, les hommes qui les ont égorgés, et dont les principes menacent de nous ramener les mêmes crimes et les mêmes malheurs? Tel
qui porta le feu et la flamme dans le sein de la Vendée, ne jouit-il pas d'une pension considérable, tan-

dis que tel Vendéen meurt de faim et de misère ? Ministres du Roi légitime, qu'avez-vous fait pour la Vendée ? Voyons vos actes. Si vous vous êtes rendus coupables de la plus cruelle des ingratitudes envers un
pays dont le dévouement marquera dans les annales
du monde, sachez que vous aurez porté un coup mor-
tel à cette monarchie que vous prétendez sauver.

M. de Châteaubriand fait le dénombrement des services, et le tableau des faits d'armes des Vendéens,
qu'il met sous les yeux du lecteur, avec un talent
aussi admirable que le courage et les actions qu'il dé-
peint ! Il cherche ensuite le catalogue des récompenses.
Il n'en trouve aucune. Les ministres, dit-il, avec trop
de raison, chassent les royalistes de toutes les places ;
ils ne reconnaissent que la nation nouvelle ; mais si la
politique a ses lois nouvelles, la religion et la justice
ont leurs antiques droits ; et quand ceux-ci sont violés, tous les sophistes de la terre n'empêcheraient pas
une société de se dissoudre.

La noble veuve de Lescure, qui est aussi la veuve
de la Rochejaquelein, cette veuve de deux officiers généraux morts si glorieusement pour la défense du
trône, n'a pas de pension. Et la sœur de Robespierre
touchait, en 1814, une pension qu'elle touche peut-
être encore : il y a des tems où les crimes d'un frère
sont plus profitables que les vertus d'un mari.

Il y a des veuves vendéennes qui touchent cinquante
sous par mois, ce qui fait à peu près une demi-livre
de pain par jour, pour des femmes dont on a massacré
les maris, égorgé les bestiaux, et brûlé les chaumières.

Une foule de Vendéens mutilés meurent de faim auprès des hôpitaux militaires, qui ne leur sont pas
même ouverts; et l'on a payé, placé, récompensé tous
les hommes des Cent-Jours, et l'on a soldé l'arriéré
des fournitures des armées de Buonaparte, c'est-à-dire
que le trésor royal a payé jusqu'aux balles qui pouvaient frapper Monseigneur le duc d'Angoulême.

Il y a des régicides qui touchent 24,000 francs de
pension. Serait-ce pour faire payer à la légitimité les
frais du procès de Louis XVI?

Tant de faits s'expliquent pourtant. Les ministres
ayant embrassé le système des intérêts révolutionnaires, ont dû sentir pour les Vendéens une grande
aversion. Si les Jacobins de Lyon et de Grenoble
avaient réussi, ils n'auraient chassé que la Famille
royale; mais, si on laissait faire les Vendéens, ils ôte-
raient du ministère les hommes incapables et les ennemis des Bourbons : il y a donc péril imminent.

Quoi! la Vendée aura eu l'insolence de se battre
trente ans pour le trône et l'autel, de ne pas reconnaître
les échafauds! Vite, mettons en surveillance les vertus
vendéennes. Quiconque aime le Roi, et croit en Dieu,
est traître aux lumières du siècle.

On a donc cru devoir tenir les yeux ouverts sur la
Vendée, placer un cordon de têtes pensantes autour
de ce pays empesté de religion, de morale et de monarchie. Jadis les médecins révolutionnaires y avaient
allumé de grands feux pour en chasser la contagion,
et ils ne purent réussir. Le système ministériel attaque
l'honneur vendéen dans la partie la plus sensible, il

lui demande ses armes. Quand on vous les aura re-
mises, qu'en ferez-vous? Elles sont trop pesantes
pour votre bras.

Si les royalistes de l'Ouest ont des armes; si on leur
demande de par le Roi, ils les abandonneront, puisqu'ils ne les ont prises que pour le Roi. Mais est-on
bien sûr qu'on n'aura plus besoin des Vendéens? Si
le système ministériel triomphe, qui nous défendra
alors? Seront-ce les hommes qui nous ont déjà trahis?

Chose remarquable! on veut désarmer les paysans
de la Vendée, et l'on fait rendre les armes aux paysans
de l'Isère qui s'étaient insurgés contre le souverain légitime! Que si la loi des élections, en amenant une
Chambre démocratique, produisait, par une conséquence naturelle, des ministres semblables à cette
Chambre; que si ces ministres, ennemis de toute monarchie légitime, conspiraient contre le Gouvernement établi, que pourraient-ils faire de mieux que de
persécuter la Vendée? Ils obtiendraient, par cette per-
sécution, des résultats importans : ils feraient accuser
le Gouvernement monarchique d'ingratitude, d'absurdité et de folie; ils le rendraient méprisable, odieux;
et quand la catastrophe arriverait, ils auraient ou désarmé les seuls hommes capables de s'y opposer, ou
refroidi dans le cœur de ces hommes le sentiment de la
fidélité. En administration, l'incapacité orgueilleuse
produit les mêmes effets que la trahison.

CHAPITRE LXXXVII.

Députés à la hauteur du système ministériel.

On oublie, soit par distraction, soit par modestie, les titres les plus glorieux de certains hommes pour être députés selon la bonne loi des élections. C'est le *Drapeau Blanc*, qui, avec le plus généreux empressement, a réparé les omissions dangereuses qui pourraient faire croire à quelques électeurs difficiles que certains candidats n'étaient pas assez purs.

Par exemple, quand il a été question de nommer M. de La Fayette, on a rappelé, et sa belle campagne des 5 et 6 octobre, et l'active prévoyance à laquelle il dut l'honneur de faire la famille royale prisonnière à Varennes, et le sang-froid héroïque avec lequel, pouvant disposer d'une force armée de quarante mille hommes, il vit lanterner quelques *aristocrates* par une poignée de *patriotes*.

Depuis le premier moment où M. Benjamin Constant de Rebecque se mit sur les rangs, nous repassâmes publiquement en revue tous les écrits de M. Benjamin, tous ceux de M. Constant, tous ceux de M. Rebecque, et nous prouvâmes qu'il n'y avait pas un électeur, quelle que fût la nuance de son opinion politique, qui

ne pût y trouver un motif de donner sa voix à l'honorable Suisse. Nous ne le grondâmes pas même de sa
petite prétention exclusive de vouloir être le seul Suisse
au service de France, mais nous n'eûmes garde d'oublier son discours en l'honneur de la journée patrio-
tique du 18 fructidor.

M. de Saint-Aulaire peut-il nous reprocher de n'a-
voir pas rapporté l'éloquente proclamation qu'en qualité de préfet nommé par le Roi, il adressa, à l'époque
du 20 mars, à ses administrés, en faveur du héros
sauveur et consolateur de la patrie? C'est peut-être à
cette noble conduite qu'il doit l'illustre alliance dont il
s'honore.

Que M. de Corcelles dise si nous n'avons pas fait va-
loir de toutes nos forces ses exploits comme chef des
Fédérés de Lyon, et l'honorable capitulation qu'il s'ef-
força d'obtenir du général autrichien, auquel il offrit
de lui ouvrir les portes de Lyon, à condition qu'il en
prendrait possession au nom de Napoléon II, ou tout
au moins de l'empereur d'Autriche, mais non pas au
nom des Bourbons !

N'avons-nous pas, en faveur du conventionnel Daunou, tiré des archives du sénat de 1793, ce vote mémorable : *J'accuse Louis Capet d'avoir conspiré
contre la souveraineté du peuple*? Et ses sublimes
discours en commémoration de la chute du trône qu'il
a juré naguère de soutenir ?

Il nous semble que nous avons le droit de réclamer
une partie de la gloire due à ceux qui ont ouvert à ces
bons et loyaux députés les portes de la Chambre, qui

si l'on continue à lui envoyer de semblables recrues, aura bientôt aussi sa *majorité saine*. C'est alors qu'elle plaira à M. de Serre, *quand même* il ne devrait plus être garde-des-sceaux.

Pour prouver aux frères et amis que nous ne sommes pas gens à nous laisser décourager par l'ingratitude, nous redoublerons de zèle à recueillir les titres de leurs candidats aux suffrages de la *bonne nation*. Aujourd'hui, par exemple, ils paraissent attacher beaucoup d'intérêt à la nomination de M. *Grégoire* : nous avons déjà retracé les témoignages éclatans de la haine furieuse de cet abbé contre la royauté et contre le tyran Louis XVI, ce qui le rend on ne peut plus digne de prêter serment de fidélité à Louis XVIII.

Nous allons énumérer ses titres les plus brillans ; et nous accuserions avec amertume la négligence des frères et amis à les rassembler en faisceau, si leur faute ne nous procurait le plaisir de la réparer. Nous allons citer deux ou trois morceaux *brûlant de patriotisme*, pour prouver combien on peut se fier au candidat Grégoire pour soutenir la royauté : « *Tout ce qui est royal ne doit figurer que dans les archives du crime. La destruction d'une bête féroce, la cessation d'une peste, la mort d'un Roi, sont pour l'humanité des motifs d'allégresse. Tandis que, par des chansons triomphales, nous célébrons l'époque où le tyran monta sur l'échafaud, l'Anglais avili porte le deuil anniversaire de Charles Ier*........

« *La main impure de Capet avait déshonoré un ar-*

bre planté dans le jardin national, au nom de la
liberté qu'il voulait assassiner.....

« *Le sans culotte Aristogiton, de concert avec*
Hermodius, tua le Capet d'Athènes, le tyran Pi-
sistrate, qui avait à peu près l'âge et la scélératesse
de celui que nous avons exterminé. »

Quel concurrent oserait disputer les suffrages à un
candidat armé de pareils droits! Son triomphe est
certain; et il nous semble déjà entendre chaque électeur de l'Isère dire, en laissant tomber dans l'urne le
nom du digne représentant : « Moi je pense comme
Grégoire. »

Le *Journal de Paris*, c'est-à-dire de M. Decazes,
en annonçant la nomination scandaleuse du citoyen
Grégoire, ne craint point d'ajouter : « MM. de la *Quo-*
« *tidienne*, des *Débats*, du *Conservateur* ont re-
« cueilli ce qu'ils avaient semé; leur joie doit être
« grande ! »

Quel est donc l'homme assez vil pour commander
de pareils mensonges, d'aussi basses impostures? Et à
quels étranges imbéciles espère-t-on les faire croire?
Est-ce les royalistes qui ont fait nommer Grégoire ?
Ah ! si l'on pouvait le prendre lui-même pour juge,
ah ! si l'on lui demandait à qui il doit de la reconnaissance, il ne dirait pas : A ceux qui ont déchiré le voile
qui couvrait sa tête régicide; mais bien à celui qui, en
ressuscitant des doctrines pernicieuses, a porté, par
ce dernier trait, l'épouvante dans toute l'Europe.

Et vous, Fille infortunée du Roi martyr, si aujour-
d'hui vous êtes dans les larmes, si toutes les plaies de

votre cœur se sont rouvertes, si votre sommeil a été troublé par des songes funestes, si l'ombre de votre père vous est apparue sanglante et désolée, prononcez entre nous et notre infâme accusateur !

Est-ce nous qui avons rouvert aux assassins les barrières de la France ? Est-ce nous qui avons défendu la doctrine du gouvernement de fait, cette doctrine impie, mère du régicide ? Est-ce nous qui avons tourné en dérision la fidélité, qui avons mis le parjure en honneur et donné des crimes à la trahison ?

Non, ce ne sont pas les journaux royalistes qui ont enfanté les La Fayette, les Manuel, etc, etc. Ce ne sont pas les journaux royalistes qui ont semé Grégoire, il est né du système ministériel. Voilà ce qui a donné Grégoire à la législature nouvelle; voilà qui, l'année prochaine, lui associera les Sieyes, les Carnot et les Barrère.

CHAPITRE LXXXVIII.

Sur le système d'avilisment suivi par les révolutionnaires.

———

AVILISSONS pour détruire ! disaient les jacobins ; avilissons pour détruire ! répètent les libéraux et les indépendans, comme si leurs devanciers n'avaient point péri écrasés sous les débris de l'édifice social qu'ils démolissaient. Les jacobins de nos jours ne l'ignorent pas ; mais l'expérience est nulle pour leur aveuglement, parce que l'aveuglement est le moyen qu'emploie la justice divine pour châtier le crime : c'est eux-mêmes qu'elle charge de leur punition. Ils se creusent un précipice, et s'imaginent qu'ils élèvent *une montagne.* La hideuse parodie qu'ils jouent ira-t-elle jusqu'au dénouement ? C'est une question qu'ils pensent bien résoudre dans le sens de leurs passions désorganisatrices ; aussi ne négligent-ils, pour y parvenir, aucun moyen de mettre en pratique leur chère maxime : *Avilissons !* Si vous en doutez, demandez aux tribunaux, dont ils déconsidèrent les arrêts, en préconisant les condamnés ; demandez à l'autorité militaire, dont ils raillent les ordres, dès qu'ils tendent à maintenir la subordination ; demandez au trône, qu'ils veulent entourer de régicides ; demandez à la religion, dont ils ridiculisent la sainteté, et à ses ministres qu'ils chansonnent en style de taverne. Si rien de ce qui est vénérable ne doit survivre à l'avilissement, que mettront-ils à la place ? Ils iront donc nous chercher des magistrats dans les bagnes ; ils nous donneront donc pour chef d'armée des Santerre ; pour roi, des Marat ; pour autels, des échafauds , et pour pontifes, les exécuteurs des hautes-œuvres ?

Toutefois le ministère n'en persiste pas moins dans son système déplorable. Ce pilote du vaisseau de l'Etat manœuvre de manière à faire naufrage. Lui seul fait semblant de ne pas s'en apercevoir ; il prend pour l'ordre naturel des choses, la perversité vantée, récompensée, enhardie ; la droiture baffouée , punie , découragée.

En vérité, plus on cherche , moins on devine le motif qui porte ainsi à tuer la morale d'un peuple. C'est uniquement, dit-on, pour perdre quelques *Mardochée*, que nos *Aman* ont proscrit toute une nation. S'il en est ainsi , quelle sera l'*Esther* qui viendra tomber aux pieds d'un autre *Assuérus*, pour lui rappeler les services passés de ceux dont on a juré la ruine !

Ah ! puissions-nous entendre cette réponse que Racine a mise dans la bouche du digne successeur de Cyrus :

> Quel jour mêlé d'horreur vient éclairer mon âme !
> Tout mon sang de colère et de honte s'enflamme.
> J'étais donc le jouet..... Ciel , daigne m'éclairer !

CHAPITRE LXXXIX.

Mélanges.

Dans un article, en 22 pages, qui a pour titre le *Dix Août*, M. de Castelbajac retrace le souvenir des horreurs commises par la faction révolutionnaire, et il s'écrie : « Sans doute c'est une triste tâche ; mais lorsque toutes les doctrines qui amenèrent cette funeste époque sont propagées avec une inconcevable audace, l'honnête homme peut espérer qu'en retraçant les malheurs qui en furent la suite, il en épargne peut-être de nouveaux à la génération qui les ignore ».

M. de Castelbajac paraît lui-même épouvanté de ce qu'il raconte, et il demande quels sont les hommes que l'on place aujourd'hui, quels sont leurs titres à la confiance du ministère, du ministère de ce Roi dont le bannissement a été voté par des factieux ? Il ne veut pas qu'on rejette sur la France ce qui fut l'ouvrage d'une faction ; il dit bien que tout était prévu à cette époque comme il peut l'être aujourd'hui que nous avons par devers nous une funeste expérience. Il cite, par surabondance, un passage de Barbaroux, déclamant à la tribune contre Robespierre : « Etait-il « à Charenton lorsque nous y signâmes notre plan

« de conspiration contre la cour, lorsque nous en
« fixâmes l'exécution au 29 juillet, lorsqu'enfin nous
« la décidâmes pour le 10 août? »

Avant cette époque les hommes de mérite, connus
par leur fidélité au Roi et par leur attachement aux
bonnes doctrines, ne pouvaient plus approcher du
château sans être suspects, ce qu'on voit clairement
par ces paroles de M. de Montmorin, à M. de Molle-
ville.

« Je ne pourrais maintenant me rendre au château
« sans être remarqué et sans élever des soupçons.
« J'écrirai, j'y consens, mais sans espoir de succès;
« car ils ont d'autres conseils que les nôtres. Le Roi
« est perdu, mon ami, nous le sommes tous! Vous
« riiez, il y a six mois, quand je vous annonçai la
« république. Vous verrez si je me suis trompé : j'en
« crois l'époque bien près de nous; peut-être sa durée
« sera courte : tout dépendra du sort du Roi.
« S'il est assassiné, la république ne durera qu'un
« moment; mais s'il est jugé selon des formes, et
« par conséquent condamné, vous n'aurez de long-
« temps une monarchie; mais je ne la verrai ja-
« mais ».

Si M. de Montmorin pouvait avoir de telles craintes, craintes dont l'expérience a prouvé la justesse, à
une époque où du moins on se méfiait de la révolte,
qu'aurait-il pu dire s'il eût vécu dans un temps où
l'on s'en fait un appui? Le passé n'est-il donc pour
les peuples qu'une ombre vaine qui ne laisse après
elle ni trace, ni impression? Les efforts des serviteurs

dévoués devenaient inutiles à mesure que le plan des conspirateurs prenait chaque jour une action nouvelle, et que leur audace grandissait en raison du peu de moyens qu'avait contre eux l'autorité royale. Enfin Louis XVI fut juridiquement assassiné. Les assassins eux-mêmes ne reconnaissaient, dans le monarque vertueux, d'autre crime que sa trop grande bonté : du moment où les Bourbons furent perdus pour nous, notre patrie fut réservée à des infortunes que la postérité refusera de croire. Leçon terrible pour les nations qui se séparent de leurs rois !

CHAPITRE XC.

Congrès champêtre. — Système ministériel.

Nos ministres ont dîné à Monthuchet, chez M. le Ministre des Affaires Etrangères ; la gazette nous a appris cette importante nouvelle. Des personnes très-bien instruites prétendent que LL. EE. ont renvoyé leurs gens afin de garder un plus parfait *incognito* ; elles ajoutent qu'un second dîner a dû avoir lieu à Madrid, chez M. le Ministre de l'Intérieur. Que de vastes desseins auront été agités ! Que de nouveaux *jamais* ! Que d'administrateurs royalistes foudroyés, s'il en existe encore !

En vain on aura montré à M. le Ministre des finances qu'il accusait un déficit de 52 millions, lequel
n'existait pas; en vain on lui aura prouvé qu'il demandait au moins 21 millions de trop, puisqu'on a
fait sur son budjet une économie de 21 millions : cette
petite erreur de 73 millions aurait coûté à un ministre
anglais un peu plus que sa place; mais, en France, le
cœur l'emporte sur la Charte; nous sommes bonnes
gens, et nous gardons M. le Ministre des finances.
D'ailleurs M. le baron Louis a donné des gages : les libéraux le protégent. C'est un homme sûr; il entend
la Bourse; et la morale doit être préférée à l'habileté
et à l'éloquence. Si on changeait M. le baron Louis,
qu'est-ce qui changerait une proposition royale?

Laissons les finances; les ministres ont bien autre
chose à penser : il faut que la *Correspondance privée*,
attribuée à M. Decazes, qui ne la nie pas, aille son
train; il faut songer aux élections, traiter avec MM. les
libéraux; il faut poursuivre les royalistes.

Bonaparte avait terrassé la révolution, les ministres
du Roi légitime l'ont relevée, soignée, ménagée: ils
l'ont entourée de ses enfans. Elle s'est peu à peu rani-
mée; bientôt ses forces se sont accrues, elle s'est emparée du pouvoir administratif par les hommes, du
pouvoir armé et du pouvoir politique par les lois.
Alors elle a donné le signal à l'Europe, et l'Europe qui
n'a pas encore essayé de nos maux, semble vouloir s'y
précipiter : fasse le ciel qu'elle n'imite pas nos crimes !

Il faut voir le mal où il est : ce mal n'est pas dans les
gouvernemens constitutionnels, il est dans les doctrines

révolutionnaires, que le système ministériel français a
eu le malheur de rappeler et de maintenir. Voyez la
Correspondance privée et les feuilles libérales et ministérielles : ceux qui les rédigent sentent bien que les
événemens les accusent : pour se disculper, ils opposent
le tableau de la tranquillité de la France à celui de l'a-
gitation de l'Europe ; ils en concluent que le système
suivi est excellent, et que ce système n'entre pour rien
dans les troubles manifestés chez les puissances voi-
sines.

La preuve la plus évidente que le système ministériel est la grande cause de ces principes révolutionnaires par qui les états voisins sont menacés, c'est que
le calme renaîtrait à l'instant, si l'on abandonnait ce
système. Faites des lois monarchiques ; rapprochez-
vous des hommes monarchiques ; laissez retomber
dans leur obscurité quelques misérables jacobins et une
douzaine de petits sophistes : les obstacles que vous
créez vous-mêmes s'évanouiront, et vous marcherez en
paix et en sûreté, au milieu de la bénédiction des
peuples. Rien n'est plus clair que ces raisonnemens.

CHAPITRE XCI.

Système ministériel.

————

Ministres! tout le monde voit votre conduite! Il y avait des administrateurs royalistes, ils ont été destitués ; des magistrats royalistes, ils ont été destitués ; des conseillers d'Etat royalistes , ils ont été destitués ; des députés royalistes, on a fait l'impossible pour les empêcher d'être renommés; la garde est royaliste , on l'éloigne, on la maltraite, on l'abreuve de dégoûts, afin d'obtenir des démissions. Vous craignez donc les royalistes? Vous n'en voulez donc pas? Que voulez-vous? Dites-le.

Je mets de côté ces expressions insignifiantes d'exagération , de féodalité, de dîmes, vieilles niaiseries qui ne trompent plus personne , et que les moindres écrivailleurs osent à peine répéter, et je viens au fait. Il n'y a , il ne peut y avoir en France , au point où nous en sommes, que deux opinions : l'opinion monarchique et l'opinion révolutionnaire. La première a pour appui les royalistes: les déplacer, c'est vouloir le détruire ; élever les révolutionnaires, c'est renouveler la révolution. Pour quiconque veut aller franchement , il n'y a point d'alternative.

Le gouvernement représentatif est si près de la dé

mocratie que, pour peu qu'on sorte de la voie monarchi
que , on se jette dans la confusion des partis, dans des
théories qui, pendant de si longues et de si malheu-
reuses années, déchirèrent la patrie. Quel que soit le
nom dont on se couvre, le résultat est le même. Le libéralisme, l'indépendance , les doctrines, tout cela
n'est que la révolution sous des qualifications différentes. Or, comme il y a opposition diamétrale entre
la révolution et la monarchie légitime, le rappel des régicides, l'exaltation des révolutionnaires, le déplace-
ment des royalistes, sont autant d'actes anti-monarchiques qui nous mènent directement vers la république ou vers l'usurpation.

A défaut des hommes, puisqu'on dit que *leur règne
est fini*, les constitutions nous sauveront-elles ? Vos
principes sur la religion sont anti-monarchiques , votre
loi des élections, celle du recrutement sont anti-monarchiques, votre système est anti-monarchique : ainsi
c'est avec des hommes et des institutions anti-monarchiques que vous voulez consolider la royauté légitime ! Si vous le croyez il faut que vous soyez bien
aveuglés ; si vous voulez nous le faire croire , il faut que
vous nous preniez pour de grandes dupes.

Tout ce que nous avons dit jusqu'ici, devrait être
suffisant pour faire connaître le danger qui menace la
France et l'Europe entière. Il résulte du système ministériel. Les royalistes s'en alarment , les révolutionnaires s'en réjouissent, les ministres y persévèrent !....
Que la France et l'Europe en tirent la conséquence :
toute autre réflexion serait superflue.

Depuis 5o ans, les événemens se sont pressés de
telle sorte que les contemporains eux-mêmes lisent
avec avidité le récit des malheurs qui désolèrent les
plus belles années de leur vie. Reproduisons-les sans
cesse, afin qu'ils instruisent ceux qui n'étaient pas encore nés lorsque nous les éprouvions, et ceux que leur
jeune âge rendait insensibles à nos maux.

Peignons-leur cette royale famille dispersée, n'é-
chappant à la mort qu'en abandonnant les palais de ses
aïeux; ces princesses augustes, filles et tantes de nos
rois, terminant leurs jours sur des bords étrangers, et
dont les cendres seules ont touché la terre natale. Par-
lons-leur de cette tour du Temple où pleurèrent tant
d'illustres victimes; de ce roi trop bon pour son siècle,
qui fut lâchement immolé, parce qu'il ne voulut ni
soupçonner ni punir ; de cette reine qui fut si long-
temps adorée, et qui finit dans les douleurs une vie
qui devait être et si longue et si belle; de cette vierge
sacrée, brillante d'attraits et de vertus, qui méritait un
trône, et n'eut pas un cercueil; de ce royal enfant sur
qui les bourreaux distillèrent le malheur goutte à
goutte, pour lui faire expier la fatalité d'être né sous
la pourpre dans un temps de vertiges et d'erreurs ; de
cette illustre héroïne, unique rejeton d'une noble
famille, qui but dès l'enfance dans la coupe de l'infortune, et que le ciel a daigné conserver à la France,
pour lui montrer, dans l'assemblage de toutes les per-
fections, le courage, la résignation et la bonté.

Au tableau de ces grands désastres, ajoutons le récit des calamités privées : toutes les familles ont eu leurs

jours d'angoisse; les révolutionnaires eux-mêmes se
sont entre-dévorés : que sont devenus les premiers artisans de nos maux? Il ne reste d'eux qu'une mémoire
exécrée et le souvenir de leurs forfaits. Français, voilà
ce qu'il faut vous redire sans relâche : ceux-là seulement ont intérêt à taire les malheurs passés, qui voudraient les renouveler. Ceux qui veulent en empêcher le retour, ceux qui veulent votre repos et votre
bonheur, en dérouleront les déplorables suites, ils vous
diront : tous les fléaux accablèrent vos pères, parce
qu'ils se laissèrent entraîner par de coupables nova-
teurs; une semblable faiblesse aurait des conséquences
égales. Repoussez ceux qui tenteraient de vous abuser
en vous montrant de vaines théories comme des images
de bonheur et de gloire : il n'en est point, il n'en peut
être pour les peuples, hors de la religion, de la morale,
de la subordination et de la légitimité.

~~~~~~

CHAPITRE XCII.

Mélanges.

——————

« On écrit d'Angleterre que les niveleurs réformistes qui se réunissent et vocifèrent, se vantent d'être en relation avec les révolutionnaires de France. Ils en ont les bannières, les couleurs et les mots d'ordre.

« Tout ce qu'il y a d'hommes éclairés est persuadé que tous les maux qui menacent de nouveau la tranquillité de l'Europe, tirent leur principe et toute leur force de la propagande centrale de France. Malgré toutes les allégations contraires de la *Correspondance privée*, ce n'est que d'un changement total de système à Paris qu'on attend le remède ».

Nous répondrons qu'il est probable que ce remède arrivera ; mais que nous craignons qu'il arrive tard. Celui qui ne lit à Londres que les rapsodies du *Times*, ne peut se faire une idée des doctrines révoltantes que professent nos feuilles ministérielles, impériales et libérales.

Le journal de M. Decazes veut nous faire voir la *France* dans le ministère ; en un mot, la France entière dans six Français. Eh quoi! Si ce ministère, qui demain, qui ce soir peut-être ne sera rien, était accusé, par l'Europe réunie de n'avoir pas su exécuter les ordres de son souverain, qui, de sa bouche royale, avait annoncé au monde sa ferme résolution *de repousser ces principes pernicieux qui, sous le masque de la liberté, attaquent l'ordre social*; il s'ensuivrait, selon le *Journal de Paris*, que ce serait à la *France* à répondre pour les auteurs des alarmes qu'elle éprouve, et des périls dont elle est menacée! Non, le *ministère* de 1819 n'est pas plus la *France* que ne l'était le ministère de 1792, qui lança ses jacobins sur tous les rois, sur tous les peuples. Le ministère enfin n'est pas le *gouvernement* comme il le prétend.

Le ministère se flatte depuis peu de tenir un *juste milieu*. Comment le persuader à un homme du moindre sens commun, qui voit prodiguer les emplois et les faveurs à tous ceux qui se glorifient du parjure et de la trahison, et destituer, persécuter, abreuver d'outrages tous les hommes qui sont restés fidèles! Des milliers de faits attestent cet effrayant résultat de la haute politique de nos gouvernans. Ils frappent tous les esprits, ils retentissent partout, partout leurs conséquences font naître de justes alarmes.

Mais que penser d'un parti, dit le privé dans sa correspondance du *Times* du 5 août 1819, qui est réduit à offrir les voix dont il peut disposer, à des candidats qu'il appelle lui-même *démagogues*, plutôt que de les donner aux soutiens de la monarchie constitutionnelle et légitime? Voilà cependant ce que font maintenant nos ultrà.

Réponse : Est-ce à des lecteurs jouissant de l'usage

de leur raison, que vous espérez, malheureux sophistes, faire croire que les royalistes aimeraient mieux
donner leurs voix à des *démagogues* qu'à des soutiens
de la monarchie constitutionnelle et *légitime*? Vous
avez voulu dire que les royalistes aimaient mieux encore avoir affaire aux jacobins en bonnet rouge, qui
marchent sans détour au cri de *vive la république*,
qu'à celui qui, sous la cocarde blanche et au cri de
vive le Roi, s'approche cauteleusement pour saper les
bases du trône.

CHAPITRE XCIII.

Sur divers sujets.

LES journaux ministériels ont jeté les hauts cris
contre M. de Châteaubriand, qui a osé dire que les
ministres laissaient mourir de faim de fidèles serviteurs du Roi. Les insultes n'ont pas détruit les faits,
et les faits sont en nombre effrayant dans toute la
France.

Si, d'un autre côté, nous songeons aux faveurs dont
on comble certains hommes vendus à toutes les usur-
pations, est-il possible de n'être pas indigné? Qu'importe aux ministres le malheur et le dénuement des
fidèles serviteurs de la royauté? Ce sont les serviteurs
du ministère qu'il faut engraisser.

On assure que la femme d'un ministériel connu, professeur, chef de division, conseiller-d'état, a une pension de mille écus, comme *homme de lettres !*

Personne ne voulait croire que la sœur de Robespierre eût trois mille francs de pension, jusqu'au moment où M. Martainville a dit qu'elle en avait quatre.

Il serait superflu de faire ici mille rapprochemens, pour prouver que le système ministériel est injuste et atroce. Il n'est pas une seule page de cet écrit qui ne le démontre jusqu'à la plus parfaite évidence. On convient même que les ministres sont incapables de réparer tout le mal qu'ils ont fait.

L'étranger repousse les feuilles révolutionnaires qui s'impriment à Paris, et qui, affichant ces mots : Liberté, indépendance, gloire, patrie, ont pour devise secrète : *Tout, excepté les Bourbons, excepté les rois légitimes.*

Qui aurait jamais cru que les ministres de Louis XVIII fussent capables, malgré la loi, de rappeler les assassins de Louis XVI, et de regarder comme *saine* la majorité empestée de la Convention ! Grâce au système ministériel, la Fille du Roi martyr ne peut jeter les yeux sur les feuilles publiques, sans craindre de nouveau d'y trouver, sous le règne de son oncle, l'éloge des bourreaux de son père.

On assure qu'un certain ministre est à la fois la risée et le fléau du genre humain, en attendant qu'il en soit l'exécration. La faveur est passagère, la vérité seule est éternelle. Elle assigne tôt ou tard la véritable récompense à chaque espèce de mérite.

En attendant, la position des royalistes est cruelle, dit fort bien M. de Châteaubriand. Objet de toutes les injustices, de toutes les ingratitudes, nous sommes offerts en sacrifice à la révolution, en dérision à la terre. Dans un mouvement de dépit, trop justifiés par nos souffrances, nous pourrions être tentés de dire : « Eh « bien ! notre rôle est fini, que la monarchie se tire de « ses lois ministérielles, de ses systèmes ministériels, de « ses hommes ministériels, de ses amis de 93 et des « Cent-Jours comme elle pourra : cela ne nous regarde « plus. Contens de cultiver notre champ à l'écart, « nous échapperons à la catastrophe. On nous renie ? « Nous nous éloignons; nous cessons d'immoler nos « familles, nos biens et notre repos à une fidélité qui « importune. »

Un mouvement de dépit peut faire tenir ce langage; mais après tout, ce ne peut être qu'un mouvement bientôt réprimé. Quoi ! vous seriez découragés parce que vos sacrifices sont méconnus ? Mais s'ils étaient payés ces sacrifices, que feriez-vous ? Occuperiez-vous ce haut rang que la vertu vous donne, que la postérité vous conservera ? Qui de vous n'aime encore mieux être un royaliste pauvre, dépouillé, insulté, oublié, que tel homme dont la fortune est aujourd'hui le mépris et le scandale du monde ?

Le ministère qui n'a encore eu de parti que celui qu'il a acheté, de voix que celles qu'il a mendiées, de soutien réel que les hommes qu'il a abusés par la puissance de ce nom, magique en France depuis Clovis ; le ministère qui a pris à tâche de mettre sa faiblesse collective en évidence, et dont les membres n'ont pas encore, que je sache, montré un de ces génies, qui seuls valent tout un parti; le ministère qui, par son système, mine la monarchie dont il avait promis l'affermissement : le ministère qui a fait avec la révolution un pacte ténébreux que ses suppôts nous ont eux-mêmes révélé; le ministère qui propose, en haine des royalistes, des lois dont il frémit, et qu'il maintient par amour pour les Jacobins; un ministère enfin dont le funeste égoïsme achète incessamment d'une année de monarchie une heure de puissance, un tel ministère ne peut en imposer à aucun parti. Le temps des illusions est passé avec l'esclavage de la presse. S'il ne connût pas encore la France, la France le connaît. Sa haine contre nous a trop éclaté malgré les réticences semi-périodiques; sa connivence avec les révolutionnaires est trop avérée, en dépit de leurs petites brouilleries de convention.

N'affectent-ils pas, nos bons ministres, de récompenser la trahison et l'infidélité ! Ne persécutent-ils pas les royalistes ? L'ingratitude dont ils paient les plus éminens services, n'a-t-elle pas été cent et cent fois signalée ? Depuis que le soleil éclaire le monde, avait-on vu des ministres d'un roi légitime regarder comme un crime de lui être fidèle ? Dans toute la France les révolutionnaires sont ivres de joie et d'espérance.... Les royalistes s'affligent sans se décourager.... Que ne peuvent l'impéritie et la présomption, lorsqu'elles sont unies à la puissance !

CHAPITRE XCIV.

Monarchie selon la Charte.

CE chapitre et les trois suivans sont extraits d'un ouvrage de M. de Châteaubriand. Il devrait suffire pour éclairer tout le monde, sur le système ministériel. Je ne crois pas que rien soit plus vrai, plus juste, mieux pensé, ni mieux écrit que les passages suivans :

Le système des révolutionnaires qui gouvernent, est qu'il ne faut pas des royalistes dans les emplois. Pour les en croire, il faut plutôt renoncer aux lumières du bon sens, abandonner un chemin droit et sûr, pour prendre une voix tortueuse et remplie de précipices.

Il faut gouverner la France dans le sens des intérêts révolutionnaires. Cette phrase, bien digne des révolutionnaires par sa barbarie, renferme l'instruction entière du ministère. Tout homme qui ne la comprend pas est déclaré incapable de s'élever à la hauteur de l'administration.

Servez-vous de ce système comme d'un fil, et vous pénètrerez dans tous les replis ; vous découvrirez la raison de ce qui vous a paru le plus inconcevable ; vous trouverez la cause efficiente des déterminations ministérielles. Je le prouve :

Il n'y a que deux espèces d'hommes qui peuvent gouverner dans le sens des intérêts révolutionnaires : ceux qui sont eux-mêmes fortement engagés dans ces intérêts ; et ceux qui, sans les partager, sont néanmoins convaincus que la majorité de la France est révolutionnaire.

Que les premiers administrent au profit de la révolution, cela est tout naturel ; que les seconds, par d'autres motifs, s'attachent au même système, c'est tout naturel encore : car étant faussement persuadés, mais enfin étant persuadés que toute résistance à l'ordre des choses révolutionnaires est inutile, ils doivent gouverner selon l'opinion qu'ils croient dominante et insurmontable.

Cette administration perdra-t-elle la France ? Voilà la question. Moi, je soutiens que le système des intérêts révolutionnaires nous a précipités et nous précipitera encore dans un abîme d'où nous ne sortirons plus. Il est inconcevable que des ministres attachés à la couronne retombent dans les fautes qui ont produit le 20 mars.

Les royalistes sont en minorité, disent-ils, *et ils ne peuvent gouverner*. Cela n'est pas vrai ; mais d'ailleurs depuis quand la majorité a-t-elle fait loi ? L'expérience n'a-t-elle pas prouvé que c'est le plus souvent la minorité qui l'emporte ? La nation voulait-elle le meurtre de Louis XVI ? Voulait-elle la Convention et ses crimes ? Voulait-elle Bonaparte et sa conscription ? Elle ne voulait rien de tout cela ; mais elle était contenue par une minorité active et armée. Doit-on inférer que parce que la majorité se tait, ses intérêts n'existent pas dans un pays? Dans ce cas, il faudrait conclure contre l'opprimé en faveur de l'oppresseur.

Mais délivrez du joug cette majorité, et vous verrez s'éclipser tous les révolutionnaires. Y en a-t-il un millier par département, une centaine par ville, une douzaine par village, bourg et hameau? C'est beaucoup; et vous ne les y trouverez pas.

L'illusion du ministère, sur l'opinion, tient encore à une autre cause : il prend pour une chose existante hors de lui, une chose inhérente en lui-même; et il s'émerveille de découvrir ce qui est le résultat forcé de la position où il a placé l'ordre politique.

Le ministère ne voit pas que, sur la question de l'opinion générale, il n'a pour guide et pour témoin qu'une opinion intéressée. La plupart des places sont entre les mains des partisans de la révolution ou de Bonaparte. Les ministres ne correspondent qu'avec les hommes en place; ils leur demandent des renseignemens sur l'opinion de la France : ces hommes tout naturellement ne manquent pas de répondre que leurs administrés pensent comme eux.

Si l'on n'eût pas mis des révolutionnaires dans toutes les places, si l'on n'eût pas éloigné les royalistes de tous les postes, l'usurpateur n'aurait pas réussi. Ce sont les préfets révolutionnaires, les commandans bonapartistes, qui ont ouvert la France à leur maître. Ne lui avait-on pas envoyé des secours, en semant sur son chemin ses créatures? Il avait raison de dire que ses aigles voleraient de clocher en clocher : il allait de préfecture en préfecture coucher chaque soir, grâce à vos soins, chez un de ses amis. Et vous osez vous en prendre aux royalistes ! Qui ne sait que, dans tout pays, ce sont les autorités qui font tout, parce qu'elles disposent de tout ; que la foule désarmée ne peut rien.

CHAPITRE XCV.

Même sujet.

Fut-il vrai qu'il n'y eût pas de royalistes en France, le devoir du ministère seroit d'en faire ; loin de gouverner dans le sens des intérêts révolutionnaires, essentiellement républicains, il seroit coupable de ne pas employer tous ses efforts, pour avancer le triomphe des opinions monarchiques.

Ainsi trouvant, par miracle, une Chambre purement royaliste, le ministère devait s'en servir pour changer la mauvaise opinion qu'il supposait exister dans la majorité de la France. Et qu'il ne soutienne pas que ce changement eût été impossible : les moyens d'un Gouvernement sont immenses. C'est donc par goût et par choix que vous la déterminez à tomber du côté de la révolution. Vous avez dit, à la tribune, qu'*un ministre doit diriger l'opinion* ; eh bien ! je vous prends par vos paroles : faites des royalistes, ou je vous accuse de n'être pas royalistes vous-mêmes.

Le sophisme engendre l'illusion ; l'illusion détrompée produit l'humeur ; l'humeur anime l'amour - propre ; on se pique au jeu : il serait plus simple de dire : j'ai tort, et de revenir ; mais on ne le fait pas.

Quand la Chambre s'est rassemblée, elle était presque unanime dans ses sentimens. Il a fallu que le ministère travaillât avec une persévérance incroyable, pour parvenir à la diviser. On conçoit à peine comment des hommes, trouvant sous leurs mains un instrument aussi parfait, aussi bien disposé, n'aient pas voulu s'en servir : on conçoit à peine que ces hommes aient mis autant de soin à se créer une minorité, qu'un ministère en met ordinairement à requérir la majorité.

Que de mouvemens, que de démarches, de sueurs répandues ! que d'adresse pour perdre la partie ! un club n'a d'abord rien produit. La Chambre toute entière était si franchement royaliste, que ce n'est qu'en abusant du nom du Roi, en répétant, sans cesse, que le Roi désirait, voulait, ordonnait ceci, cela, qu'on est parvenu à ébranler quelques hommes. Ces honnêtes gens se sont détachés comme malgré eux. Cela est si vrai que, dans une foule d'occasions, ils ont voté, par acclamation, dans le sens de la majorité. Ainsi l'opinion de la minorité de la Chambre des députés n'était que la reproduction de l'opinion ministérielle par laquelle elle a été formée.

Une étincelle peut produire un vaste incendie. La vipère est foible et rampante : vous pouvez l'écraser d'un coup de pied ; mais elle vous tuera, si vous la laissez dans votre sein.

Quel bonheur pour le parti ministériel, si, au lieu de ces députés royalistes, on pouvait choisir des révolutionnaires souples, qui, rampant sous l'autorité, n'opposeraient aucune résistance aux volontés des ministres, jusqu'au jour où, tout étant arrangé, ils auraient déclaré, au nom du peuple français, que le peuple voulait changer son maître!

Mille projets ont été faits pour se débarrasser de la Chambre : tantôt on voulait la dissoudre; et tantôt l'ajourner indéfiniment.

Une Chambre de bons jacobins, qu'on appellerait des moderés, ou point de Chambres, voilà le système du parti. Dans l'une ou l'autre chance, il y a tout à gagner pour lui. Avec des modérés de cette nature, on peut tout détruire; avec un ministère à soi on arrive également à tout. Bientôt ces libéraux qui poussent à l'arbitraire, feront un crime à la couronne de cet arbitraire qu'ils conseillent.

Je frémis en déroulaut un plan si bien ordonné, et dont le résultat est infaillible, à moins qu'on ne se hâte d'y apporter remède. Qui ne serait inquiet en voyant une armée qui manœuvre si bien, qui mine, attaque, envahit, fait usage de toutes les armes; enrôle les ambitieux, et séduit les faibles, qui se donne les honneurs d'une opinion indépendante, en prêchant l'autorité absolue.

Faction pourtant sans talens réels, mais douée d'astuce; faction lâche, poltronne, facile à écraser, que l'on peut faire rentrer en terre d'un seul mot, mais qui, lorsqu'elle aura tout gangren?, tout corrompu, lorsqu'il n'y aura plus de dangers pour elle, levera subitement la tête, arrachera sa couronne de-lis, et prenant le bonnet rouge pour diadème, offrira cette pourpre à l'illégitimité.

CHAPITRE XCVI.

Même sujet.

On prétend qu'en gagnant les révolutionnaires, ils mettraient à défendre le trône la force qu'ils ont mise à le renverser. Et moi aussi, j'ai prêché cette doctrine; et moi aussi, j'ai dit qu'il fallait fermer les plaies, oublier le passé, pardonner l'erreur; mais ce que je concevais avant le 20 mars, je ne le conçois plus après. Etre un bonhomme, soit; mais un niais, non! Je serais trop honteux d'être deux fois dupe!

Vous prétendez rendre royalistes les hommes qui vous ont déjà perdu; et que ferez-vous pour eux qu'on n'avait point fait alors? Ils occupaient toutes les places, ils dévoraient tout l'argent, ils étaient chargés de tous les honneurs. On donnait à quelques régicides mille écus par mois pour avoir coupé la tête de Louis XVI: serez-vous plus libéral? Les Cent-Jours ont envenimé la plaie; ils ont ajouté aux passions premières la honte d'avoir tenté, sans succès, une nouvelle trahison.

Par cette raison, la légitimité leur est devenue de plus en plus odieuse; et ils ne seront satisfaits que par son entière destruction.

Je le répète, essayer, après le 20 mars, de gagner les révolutionnaires, remettre encore les places entre les mains des ennemis du Roi, continuer le système de fusion et d'amalgame, croire qu'on enchaîne la vanité par des bienfaits, les passions par les intérêts; en un mot, retomber dans toutes les fautes, après une leçon si récente, une expérience si rude, disons-le sans détour, il faut que quelque arrêt ait été prononcé contre cet infortuné pays.

On dit: Si vous épurez, vous ferez une foule d'ennemis au gouvernement. Je demande si ces ennemis sont plus dangereux en dehors qu'en dedans des administrations. L'influence d'un homme en place, quelque médiocre que soit cette place, n'est-elle pas mille fois plus grande que quand il est rendu à la vie privée? D'ailleurs, je vous l'ai dit, vous ne gagnerez pas ces hommes. Vos caresses leur semblent une fausseté; car ils sentent bien que vous ne pouvez pas les aimer.

Le système de fusion que vous suivez les fait rire, car ils savent que ce système vous mène à votre perte; et, pour prouver que vous êtes incapable de gouverner, ils apportent en témoignage contre vous, votre indulgence et vos propres bienfaits. Dans votre système, les vertus d'un homme sont aussi à craindre que ses vices. Il faut qu'il étouffe, pour vous servir, les plus doux sentimens de la nature; il faut qu'il arrête son ami, qu'il poursuive son bienfaiteur : vous le placez

entre ses penchans et ses devoirs, et vous faites dé-
pendre votre sûreté de son ingratitude.

L'on prétend que les royalistes sont incapables;
qu'il n'y a d'habiles que les hommes sortis de l'école
de Bonaparte, ou formés par la révolntion. Apporte-t-
on quelques raisons en preuve? Non, mais on regarde
la chose comme démontrée.

Je demande si la manière dont la France a été conduite prouve l'habileté des hommes de la révolution?
Qu'auraient-ils fait de pis les royalistes s'ils eussent
été appelés au maniement des affaires? C'est une chose
vraiment curieuse que des hommes qui sont tombés
au premier choc, qui n'ont pas fait un pas sans faire
une chute, qui ont laissé Bonaparte revenir de l'île
d'Elbe, osent se vanter de leur capacité! Comment
pouvez-vous dire que les royalistes sont incapables,
puisque vous ne les avez pas employés? Vous n'avez
pas le droit de les juger avant de les avoir mis à
l'œuvre. Essayez une fois ce qu'ils peuvent, et s'ils se
montrent plus ignorans que vous, s'ils font plus de
fautes que vous n'en avez faites, vous reprendrez alors
les rênes, et tous vos systèmes seront justifiés.

CHAPITRE XCVII.

Même sujet.

———

La grande phrase reçue, c'est *qu'il ne faut pas être plus royaliste que le Roi*. Cette phrase n'est pas du moment; elle fut inventée sous Louis XVI: elle enchaîne les mains des fidèles, pour ne laisser de libre que le bras du bourreau.

Rien n'est épargné pour décourager, pour fatiguer les amis du trône, pour enlever à la couronne ses derniers partisans; on espère les jeter dans le désespoir, les pousser à des imprudences dont on profiterait contre eux, et contre la monarchie légitime.

Tel est le sort des royalistes, que leur nom seul semble être une condamnation aux souffrances; ils languissent dans l'oppression, le malheur et la pauvreté : ils ne sont pas dangereux, il est inutile de s'en occuper ! Quels hommes que ceux-là que vous repoussez dans la fortune, et dont vous réservez la vertu pour le temps de vos malheurs !

Je vous le prédis, vous n'arriverez point au but en suivant le système des intérêts révolutionnaires : vous pensez y toucher, une fatale illusion vous trompe. Athamas, jouet d'une puissance ennemie, croyait déjà reconnaître le port d'Ithaque, le temple de Mi-

16

nerve , la forteresse, la maison d'Ulysse; et il croyai
déjà voir au milieu de ses sujets tranquilles, dans
l'antique palais de Laërte, ce roi si fameux par sa sagesse, qui revenu de l'exil, éprouvé par le malheur,
avait appris à connaître les hommes ; mais quand le
nuage vint à se dissiper, il ne vit plus qu'une terre in-
connue où vivait un peuple en butte aux factions, en
guerre avec ses voisins, et que gouvernait un roi
étranger poursuivi par la colère des Dieux.

Hommes de bonne foi, qui ne suivez que par une
sorte de fatalité le système des intérêts révolutionnaires, j'ai rempli ma tâche : vous êtes avertis ; vous
voyez maintenant où ce système vous mène. Me
croirez-vous? Je ne le pense pas. Vous prendrez pour
la passion d'un ennemi ce qui est la franche et sincère conviction de l'honnête homme. Un jour, peut-
être, et il n'en sera plus temps, vous regretterez de ne
m'avoir pas écouté. Vous reconnaîtrez alors quels
étaient et quels n'étaient pas vos amis.

Après avoir terminé son ouvrage , M. de Châteaubriand apprend que la Chambre des députés est dissoute. Cela ne m'étonne point, dit-il, c'est le système
des intérêts révolutionnaires qui marche. Je n'ai donc
rien à changer à cet écrit; j'avais prévu le dénouement,
ment, et je l'ai plusieurs fois annoncé. Cette mesure
ministérielle sauvera, dit-on, la monarchie légitime.
Dissoudre la seule assemblée qui depuis 1789 ait ma-
nifesté des sentimens purement royalistes, c'est à son
avis, au nôtre, et à celui de tout être qui pense et qui
raisonne, une étrange manière de sauver la monarchie.

CHAPITRE XCVIII.

Élections de 1816.

———

Dans un autre ouvrage, qui ne se recommande pas moins par l'utilité, l'intérêt, la pensée et l'expression, M. de Châteaubriand fait connaître la manière dont les élections de 1816 furent conduites pour former une *bonne* Chambre de députés. Il se plaint que la Charte a été violée; que plusieurs citoyens ont été désignés nominativement à l'exclusion, tandis que les plus ardens ennemis du trône ont été mis en liberté, pour aller voter aux assemblées.

Il demande pourquoi une circulaire du ministre de la police? Et il s'écrie : n'est-ce pas une chose unique que les hommes, frappés de mesures de haute police, se soient trouvés tous innocens le jour des élections...! tel, mis en liberté pour aller voter, a été remis ensuite en surveillance.

Or, la plupart de ces homme, rendus à la société, afin qu'ils concourussent aux élections, n'étaient-ils pas en surveillance précisément pour leur conduite politique! La police fit cesser les mesures de haute police pour le cas particulier des élections, sans égard aux différens degrés de culpabilité. Par là, elle a pu jeter dans les élections des ennemis de la légitimité; ennemis qui ont un intérêt naturel à nommer des mandataires semblables à eux.

M. de Châteaubriand prouve que, dans presque tous les départemens, il y a eu des agens envoyés pour déclamer contre les députés de 1815 ; que ces agens menaçaient les autorités de destitution , dans le cas où ils seraient réélus. Ils engageaient les hommes les plus connus par leur conduite révolutionnaire, et par leur infidélité pendant les Cent-Jours , à se présenter aux élections , pour écarter les anciens serviteurs du Roi.

Quel est le fruit de tant de soins? On a ranimé des factions prêtes à s'éteindre , l'opinion qui devenait excellente rétrograde sensiblement vers les principes révolutionnaires. Les royalistes furent consternés ; et comment ne l'auraient-ils pas été à la vue de ces commissaires de police, parmi lesquels ils remarquaient des hommes trop connus dans la révolution et pendant les Cent-Jours, par leurs erreurs politiques, par leur haine contre les Bourbons? Pouvaient-ils croire que de tels agens eussent dû être choisis pour apôtres de la légitimité? Pouvaient-ils comprendre quelque chose à ce renversement d'idées? Les jacobins, poussant un cri de joie qui a été entendu de tous leurs frères en Europe , sont sortis de leurs repaires; ils se sont présentés aux élections, tout étonnés qu'on les y appelât, tout surpris de s'y voir caressés , comme les vrais soutiens du trône.

Des hommes destitués, en raison de leur conduite, se sont trouvés avoir les qualités requises pour présider des collèges d'arrondissement ; on s'est permis de choi-

sir pour scrutateurs des ex-membres des comités révolutionnaires.

Il n'est pas inutile de faire observer que, tandis qu'on
jetait ainsi dans la société des hommes capables de corrompre l'opinion, on déplaçait subitement les hommes
les plus attachés à la cause royale ; on leur ordonnait
de partir dans les vingt-quatre heures, comme si l'on
eût craint le contre-poids de leur influence.

Nous voudrions, pour l'honneur du ministère, pouvoir démentir M. de Châteaubriand ; mais il fournit des
preuves évidentes, aussi claires que le jour, et qu'il
est impossible de combattre. On sait que, dans les départemens, les royalistes ont été représentés, par les commissaires de la police, comme les ennemis du Roi, que
les élections se sont faites, dans plusieurs provinces,
aux cris d'*à bas les prêtres!* d'*à bas les nobles !* cri
qui fut le signal de la révolution et qui annonça tous
les malheurs. Les propos les plus odieux ont été tenus
contre la famille royale. A Epinal, on chantait la *Mar-
seillaise*, et l'on a trouvé affichés, au coin des rues, des
placards épouvantables. On n'apaise pas les passions
comme on les soulève ; on ne remue pas impunément
la lie d'un peuple corrompu par vingt-cinq années de
révolution. Si tant de soins n'avaient été pris que pour
se procurer une foible majorité, dans une nouvelle
Chambre, il ne faudrait pas appeler cela de l'habileté,
ce ne serait qu'une incapacité déplorable.

Si, au contraire, la vue s'était portée au-delà ; si
l'on avait calculé le changement qu'allait produire dans
l'esprit public cet appel aux ennemis du trône ; si l'on

avait prévu le danger qui peut résulter pour la couronne du triomphe des révolutionnaires sur les royalistes, je ne nommerais plus cela incapacité : je l'appellerais trahison, haute trahison.

Dans tous les cas, il est impossible de mieux em-
brouiller les choses ; et celui qui se laissera tromper
par ces hommes méritera bien d'en être, encore une
fois, la victime. Il n'y a pas en France de fou assez fou
pour ignorer ce qui se passe, pour ne pas voir qu'on
veut déchirer de nouveau le sein de notre malheureuse
patrie.

Il est inutile de rapporter ici les documens sur lesquels se fonde l'opinion de M. de Châteaubriand à l'é-
gard de certains hommes. Quand tous les jacobins du
monde se réuniraient pour la combattre, tous les bons
Français ne la partageraient pas moins.

CHAPITRE XCIX.

Progrès révolutionnaires.

QUELQUE grand événement fait connaître de temps
en temps les progrès révolutionnaires, marque le point
où nous en sommes, et nous vient avertir de l'heure
qui a sonné pour nous. Ainsi l'ordonnance du 5 septembre, et la loi des élections, son inévitable résultat ;

celle du recrutement, qui, pour le dire en passant, n'est que la loi *militaire* des élections ; la conspiration contre les royalistes, *dite* des royalistes, et au succès de laquelle il n'a manqué qu'un romancier plus habile; le rappel par ordonnance ministérielle, des bannis par une loi de l'Etat ; enfin la *suppression* violente de la pairie, au moyen de la *création* de 60 pairs, ont déjà servi à jalonner la pente révolutionnaire que nous sommes condamnés à parcourir.

Mais aussi ne négligeons pas de remarquer que ces mesures désastreuses ont été aussitôt, et sans relâche, combattues par des hommes monarchiques, qui voient et prévoient, et qui ont voué leur plume à toutes les légitimités, parce que, dès long-temps, ils ont livré leur vie à toutes les persécutions; parce qu'ils sont convaincus qu'il faut que, tôt ou tard, la raison triomphe, ou que la société périsse, et que, dans une telle alternative, il n'y a pas à balancer; qu'il ne s'agit plus de soi, de son repos, de son intérêt; mais de l'intérêt de tous et du repos du monde. Peu leur importe ensuite, s'ils doivent eux-mêmes en jouir un jour, ou si la mort fermera leurs yeux, avant que les hommes aveuglés les ouvrent à la lumière. Chrétiens et royalistes, ils doivent la vérité à leurs frères : ils la sèment incessamment. Dieu choisira, dans sa miséricorde, la génération qui la doit recueillir.

CHAPITRE C.

Sur les dernières élections.

Deux choses font les révolutions des empires, à savoir : quand les événemens sont grands et les hommes petits, ou quand les événemens sont communs et les hommes extraordinaires. Dans le premier cas, les événemens sont trop forts pour les hommes ; ils les entraînent et tout est détruit. Dans le second cas, les hommes sont trop puissans pour les événemens ; ils les accroissent, mais ils les maîtrisent et tout est fondé.

Nous avons vu des catastrophes étonnantes : une antique religion ensevelie sous la pierre de ses autels ; une monarchie de quatorze siècles renversée ; un roi assassiné juridiquement par ses sujets ; une république de quelques jours ; un empire de quelques années. Des armées s'avancent et se retirent comme le flux et le reflux de la mer ; le drapeau français flotte sur les murs du Kremlin, et les peuples du Caucase campent dans la cour du Louvre ; la légitimité chasse l'usurpation, et l'usurpation la légitimité ; l'une et l'autre abandonnent tour à tour et l'exil et le trône : la première se fixe enfin sur les fleurs de lis ; la seconde est enchaînée sur un rocher à l'extrémité de la terre : tout rentre dans le silence, tout disparaît, tout s'évanouit, aucun personnage remarquable ne reste sur la scène, et, au milieu des débris entassés, on n'aperçoit plus que la main de Dieu.

Pourquoi les hommes n'ont-ils rien établi dans le cours de ces changemens qui présentaient sans cesse l'occasion de finir une antique société, et d'en commencer une nouvelle? Pourquoi? parce que les hommes étaient inférieurs aux événemens, parce que leur génie raccourci n'était pas de taille à se mesurer avec la fortune. Chaque personnage de cette révolution croyait devenir immortel, à l'instant même où il tombait dans l'oubli, comme cet Empereur romain qui se faisait appeler *votre Eternité*, la veille de sa mort : c'était prendre ce titre un jour trop tôt.

Les petits hommes d'Etat qui ont succédé à ces premiers révolutionnaires, et qui nous gouvernent aujourd'hui, ont aussi la prétention de travailler pour l'avenir; et, comme leurs prédécesseurs, ils ne sont pas de niveau avec les affaires du siècle. Il s'agissait de reconstruire l'ordre social tout entier : se sont-ils même doutés de la nature du travail confié à leur inexpérience?

A leur tête paraît un homme qui, à force d'avoir trompé tout le monde ne trompe plus personne; un homme avec lequel aucune majorité, aucun ministère n'est possible, parce que sa qualité propre est de dissoudre et de désunir; un homme qui, se trouvant placé dans la position la plus favorable pour nous sauver, aime mieux nous perdre; un homme enfin qui pouvait atteindre à la gloire, et qui s'est contenté d'arriver à la fortune.

Pour justifier la folie de son système, le ministère s'est créé un fantôme menaçant, une France républicaine et impériale à laquelle il sacrifie tout. A force de constance dans l'erreur, il veut réaliser la chimère de sa faiblesse ; plus il fait croître la révolution autour de lui, plus il s'enfonce dans cette révolution pour trouver un abri dans des ruines. Il n'est aucun moyen de l'éclairer, car il est aveugle..... l'entêtement est le caractère des hommes sans caractère.

Quand la loi des élections aura produit une Chambre tout-à-fait démocratique, quand la loi du recrutement aura corrompu l'esprit de l'armée, quand le système ministériel aura chassé tous les officiers royalistes, tous les magistrats royalistes, tous les administrateurs royalistes, une révolution pourrait être l'affaire d'une proclamation.

Maintenant, êtes-vous près de ces funestes résultats ? Nous osons dire que vous y touchez. Les dernières élections ont surpassé ce qu'on en devait attendre : grâce à la jonction du ministère et du parti libéral, nous avons fait un pas de géant vers l'abîme. La Chambre de MM. les Députés renferme déjà cette année 56 hommes des Cent-Jours.

Le ministère ne peut gouverner avec des ministériels puisqu'il n'y en a point ; ni avec les royalistes, puisqu'il les déteste : il n'a d'autre ressource que de se livrer aux indépendans : alors il entre en révolution, et nous avec lui. Il faut qu'il se prépare aux nouvelles concessions qu'on va lui demander : on exigera de lui *la destitution du peu qu'il reste d'hommes monarchiques dans l'administration, les tribunaux et l'armée; de nouvelles lois démocratiques; on attaquera les Suisses, la garde royale, la liste civile, la cocarde blanche, la Chambre des Pairs ; on reviendra à la Chambre unique.* Nous nous arrêtons ; c'est aux ministres à tirer la dernière conséquence de leur système, à prévoir le dernier résultat de la *grande victoire* qu'ils viennent d'obtenir aux colléges électoraux.

Les royalistes sont partout en nombre incalculable : mais que peuvent-ils faire? Ne sont-ils pas obligés de lutter contre la loi, contre le ministère, contre les agens du ministère, contre le gouvernement, ou plutôt contre une faction révolutionnaire?

Supposons un ministère royaliste qui, au lieu de calomnier, de décourager, de sacrifier les hommes monarchiques, les protégerait ; qui rejetterait de tout son pouvoir les hommes démocratiques ; qui nommerait partout des présidens royalistes; un ministère qui se servît du nom du Roi en faveur du Roi: aussitôt toute la Chambre et toute la France seraient royalistes. L'homme le plus stupide et le plus aveuglé de la terre conviendra de cette vérité. La force des royalistes serait incalculable, si elle était secondée par sa puissance analogue, c'est-à-dire par une administration royaliste. On n'a point encore vu une telle chose, en France, depuis la restauration. Jusqu'ici on a vécu dans un état contre nature.

Est-il rien de plus étrange qu'un ministère royal favorisant la démocratie ; cherchant des appuis là où il ne peut en trouver ; prétendant faire une population monarchique d'un petit nombre de révolutionnaires, tandis qu'il a à sa disposition une nation toute entière de royalistes ? C'est vouloir amener péniblement quelques gouttes d'eau sur une montagne aride, tandis que des fleuves abondans coulent et passent à vos pieds.

Les histrions littéraires, qui marchent avec les bagages du pouvoir, et qui plantent leurs tréteaux partout où il dresse ses tentes, ces baladins de la fortune accusent les royalistes de la nomination de certains personnages. A leur sens la loi des élections est un chef-d'œuvre.

N'accusons point M. l'abbé Grégoire ; accusons le ministère et son épouvantable loi ; accusons cet esprit de vertige et d'erreur, qui poussa des hommes influens à donner à Louis XVIII, Fouché pour ministre. M. Grégoire n'est pas venu chercher les ministres, ce sont les ministres qui sont allés le trouver : c'est l'ordre des choses établi par eux, qui ramène le député de la Convention dans sa sphère naturelle. Si l'on n'eût pas reproduit les opinions de M. Grégoire, il fût resté isolé dans le monde, il eût passé en paix le reste de ses jours, si la paix peut être dans sa conscience.

Dans trois ans la loi des élections a conduit à la Chambre des Députés les hommes qui ont amené Louis XVI prisonnier à Paris, et les hommes qui ont mis à mort ce Roi martyr, et ceux qui ont banni le monarque régnant et son auguste Famille, et les con-

ventionnels et les serviteurs de Bonaparte. Voilà la loi
telle que les ministres nous l'ont faite.

Certes, les royalistes ne réclament aucune part dans
ces triomphes de la loi, dans ces succès du système.
Que les ministres se réjouissent, nous leur prédisons
que leur joie sera courte : ils ont appelé la révolution ;
la révolution prépare déjà leurs échafauds.

Quant à nous, nous ne craignons rien, nos princi-
cipes sont ceux de la religion, de l'ordre et de la justice : tôt ou tard nous triompherons avec ces principes. Inutilement une vaine philosophie prétend bâtir
une nouvelle société sur des fondemens périssables ;
cette société s'écroulera ; la vérité renversera toujours
l'édifice de l'erreur et du mensonge.

CHAPITRE CI.

Sur le même sujet.

Ministres, on vous accuse à la face du monde entier! vous seuls avez rouvert les portes de la Chambre à
l'un des juges de Louis XVI; voulez-vous réunir, les
uns après les autres, tous les membres de cette Convention dont l'un de vous a déclaré que la *majorité*
était *saine*, et terminer ainsi le grand procès que vous
avez recommencé contre la royauté?

Rien n'étonne les royalistes depuis l'ordonnance du

5 septembre. Spectateurs, sans curiosité, ils assistent à un drame dont ils savent le dénouement... Le triomphe du jacobinisme, dans les dernières élections, ne nous apprend rien de nouveau sur les dangers qui menacent le trône: les doctrines immorales du ministère, la fidélité traînée dans les cachots, et tant d'autres horreurs ont dévoilé depuis long-temps les influences auxquelles le Gouvernement est livré.

On ne voit pas trop quelles sont les ressources du ministère. La loi des élections tue la monarchie, le tue lui-même, et il ne peut plus rapporter cette loi. Elle se fortifie par les nouveaux députés qu'elle produit. Le Roi userait-il de son droit de dissoudre la chambre? Une nouvelle Convention devient alors inévitable, qui, plus humaine que la première, nous dit-on tous les jours, se contentera du sacrifice de la royauté, sans exiger celui du Roi, pourvu qu'il soit permis aux intérêts révolutionnaires de se reposer dans les bras d'un usurpateur.

Le ministère s'est fermé à lui-même toute retraite, le jour où, croyant prolonger son existence, il a défendu la loi des élections contre l'opinion des deux Chambres et de la France entière. Insensé, c'est l'instrument de sa perte comme de la nôtre qu'il défendait alors: et qu'en résulte-t-il, c'est qu'il faudra bientôt, ou qu'il professe ouvertement la révolution pour être conservé par elle, ou qu'il soit rejeté comme n'étant plus à la hauteur des hommes et des opinions du jour. Telle fut dans tous les temps la destinée de ceux qui commencent les révolutions: ils ne les finissent pas.

Mais la royauté permettra-t-elle que la France soit entraînée à de telles extrémités. La vérité qui éclàte de toutes parts, ne parviendra-t-elle point jusques au pied du trône ? Un ministre artificieux s'efforce en vain de lui en défendre les approches ; la révolution, plus redoutable que jamais, dénonce elle-même les mains criminelles qui l'ont relevée ; et déjà nous croyons voir, à l'approche d'un dénouement terrible, la France aux genoux de son Roi, le supplier de prononcer entr'elle et le ministre infidèle qui trafique des bontés de son maître avec ses ennemis.

Au commencement de notre révolution, c'est l'opinion publique qui corrompit le gouvernement; aujourd'hui, c'est le gouvernement qui cherche à corrompre l'opinion publique. La royauté pourra-t-elle résister plus long-temps à ce spectale si touchant, d'une nation qu'on veut entraîner malgré elle dans une nonvelle révolution qu'elle déteste, qui reste calme au milieu d'une agitation factice, et repousse avec dédain la coupe empoisonnée que lui présentent ses corrupteurs.

Tant de raison et de vérité ne peuvent échapper au chef de l'Etat dont on connaît le vaste génie. Nous pensons même que, si S. M. daigne lire cet ouvrage d'un bout à l'autre, les traîtres sont perdus et la France est sauvée.

> C'est surtout, et de là dépend l'heur des couronnes,
> D'appliquer sagement les emplois aux personnes ;
> Et faire, par des choix judicieux et sains,
> Tomber le ministère en de fidèles mains.

La révolution française a fait beaucoup de mal, et je pense que le système ministériel en fera plus qu'elle. La France ne sait pas encore tout ce qu'elle doit en craindre ; et c'est pitié de voir, comme dit M. Fiévée, à quels hommes sont confiées nos destinées.

CHAPITRE CII.

Révolution.

Qu'un peuple ne profite pas de l'exemple d'un autre peuple, parce qu'entre deux nations, il ne peut jamais y avoir parité absolue de position ; cela se conçoit : qu'un siècle oublie le siècle précédent, cela se conçoit encore ; mais qu'après trente années seulement, et aux mêmes lieux, des hommes dont la jeunesse a vu le corps social près de périr du mal révolutionnaire, ne reconnaissent plus, dans l'âge mûr, les symptômes de ce mal auquel ils ont échappé une fois par miracle, tandis que, moins heureux, leurs amis, leurs parens, leur roi lui-même y ont succombé ; que rembarqués une seconde fois sur la même mer, ils disent : où sommes-nous ? que livrés aux mêmes pilotes, ils s'écrient où : nous mène-t-on ? que prêts à se briser sur le même écueil, ils demandent : est-ce là le port ? Un pareil aveuglement ne peut se comprendre.

Il tient tellement du prodige, qu'on dirait d'une ven-
geance céleste : comme si la justice de Dieu, lasse d'attendre le repentir d'un peuple égaré, l'avait condamné
à perdre la mémoire du crime !

Il paraît raisonnable d'expliquer ainsi ce qui autrement serait inexplicable , à moins d'avoir recours au
système ministériel que nous avons assez fait connaître. Renonçant aux doctrines, attachons-nous aux
faits matériels qui sont irrécusables. Nous dirons aux
Français : vous convenez que l'origine de vos souffrances fut marquée du supplice de votre roi, du massacre de vos pontifes, de la révolte de vos enfans. Vous
convenez que le nombre des victimes s'est accru à ce
point qu'on craignît de voir le dernier Français en
face du dernier bourreau. Eh bien ! la veille du jour
où vous courûtes de si grands dangers, les choses
étaient exactement ce qu'elles sont aujourd'hui. Que
faisait-on alors ? Pour renverser le trône qui devait
nous entraîner dans sa chute , on l'isolait de ses défenseurs naturels. Pour briser l'autel dont les débris devaient nager dans votre sang, on calomniait ses ministres. Pour corrompre la jeunesse, on riait devant
elle de la vieillesse. Que fait-on aujourd'hui ? Où sont
relégués les défenseurs du trône ? Qu'ose-t-on dire des
ministres des autels ? Comment instruit-on la jeunesse ?
Comparez.

Passant des choses aux hommes, nous montrerons
ceux des artisans de nos premiers troubles qui ont
échappé à leurs propres fureurs, reparaissant de nouveau à la tête des affaires, et usurpant le crédit, eu

17.

attendant qu'ils usurpent la puissance. A l'aveugle qui
prétendrait que l'expérience les a peut-être changés,
nous citerons les Cent-Jours : l'époque est récente.
Là, on les retrouvera tous, et tous constamment semblables à eux-mêmes; conservant à travers les années,
cette jeunesse de jacobinisme, cette verve de haine
contre les rois, cette effervescence de rage contre Dieu,
qui signalèrent le premier pas.

Nous citerons, en finissant, un passage bien digne
d'être médité, il est extrait du livre des Rois, chapitre 19.

« Joab, étant entré au lieu où était le roi, lui dit :
« vous aimez ceux qui vous haïssent, et vous haïssez
« ceux qui vous aiment. Parlez donc à vos serviteurs,
« et témoignez-leur la satisfaction que vous avez d'eux;
« car je vous jure, par le Seigneur, que si vous ne le
« faites, vous vous trouverez dans un plus grand péril
« que vous n'avez jamais été. »

A ces mots, on croit entendre le meilleur des rois
s'écrier du haut des cieux :

« Mon cher frère, que fais-tu? garde-toi de marcher
plus long-temps sur mes traces, garde-toi de suivre un
système qui fut la source de mes maux.

« Songe que moi aussi je me suis laissé influencer
et conduire par les révolutionnaires ; que moi aussi
j'ai usé d'une excessive et dangereuse bonté envers des
ommes, qui, baignés du sang de mes fidèles sujets,
n'avaient pas encore été régicides; que moi aussi, j'ai

pris pour ministres des hommes, recommandables par
leurs idées libérales, qui m'ont donné pour conseil de
suivre la révolution pour l'arrêter, de m'y abandonner
pour lui résister, de la favoriser pour la détruire, de
l'épouser pour en délivrer mon royaume; et qui, par
cette politique, sont morts presque tous, comme ma
famille et moi-même, victimes de cette longue et sanguinaire révolution.

« Que moi aussi j'ai cherché à gagner mes ennemis,
plutôt qu'à conserver mes amis; j'ai remis les destinées
de ceux qui m'aiment aux mains de ceux qui ne m'aiment pas; j'ai compté pour rien les services, le zèle,
le dévouement, la fidélité. Bientôt après, assailli dans
mon palais même, je me suis trouvé au milieu d'une
populace rebelle, à la merci des forcenés. »

A Dieu ne plaise que les mêmes causes produisent
les mêmes effets !

EXTRAIT

DE DEUX NOUVEAUX CATÉCHISMES.

Catéchisme royaliste.

D. Qu'est-ce que régner ?

R. C'est punir et récompenser.

D. Que faut-il faire pour affermir un trône ?

R. Marcher hardiment et franchement vers la justice.

Catéchisme ministériel.

D. Que faut-il faire pour renverser un trône ?

R. L'entourer de ses plus grands ennemis.

D. Qu'entendez-vous, depuis quatre ans, par système ministériel ?

R. Tous les principes destructeurs des monarchies légitimes,

~~~~~~

CHAPITRE CIII.

M. Decazes et M. Grégoire,

———

LES hommes qui aiment à se flatter disent : M. De-cazes se noie, M. Decazes est noyé. Le cœur raisonne ainsi, mais l'esprit est moins crédule. Ses collègues, dit-on, se sont ligués contre lui ! Cela ne l'inquiète guère. Premier ministre, par la grâce de Dieu, et seul ministre par le fait, il a vu et il verra les excellences et les monseigneurs, qui ont passé, qui passent, et qui passeront, fléchir le genou devant le suzerain, et suivre la même ornière que lui,

On ne peut s'étonner que les ministres commis de l'excellence par excellence aient fait des réflexions sur la déplorable situation où se trouve la France. Est-il au monde une conception plus malheureuse, plus bi-zarre que l'idée de réorganiser un gouvernement mo-narchique en éloignant les royalistes, et en employant des élémens d'une nature tout opposée ! Une monar-chie assez forte pour se soutenir ainsi, serait un chef-d'œuvre,

Tout ce qu'il y a de sensibilité dans un cœur honnête s'arrête à la seule idée que les régicides viennent nous donner des lois. Le moyen de concevoir que de vrais royalistes puissent siéger à côté d'eux. Ecoutons, sur ce point, M. Nodier :

« Le monde civilisé tout entier est convaincu, dit-il, que la nation n'a pas concouru au meurtre de Louis XVI; et sous le frère du Roi assassiné, aux yeux de sa Fille, et à la vue de la place, à jamais exécrable, où le crime a été commis, les députés de la nation viendraient siéger à côté des fauteurs de l'assassinat! ce contre-sens est si grossier, que l'on comprend à peine qu'il se soit présenté à la pensée. Je le déclare : quiconque prend place à côté du régicide s'assimile pour toujours à son forfait, du moins, au jugement de mon cœur ; et s'il prend froidement cette place, quand il n'y a plus ni intérêt au crime, ni danger au courage, cet homme est, selon moi, plus coupable que le coupable. Son *honorable* collègue n'a tué que des rois, mais l'exemple funeste qu'il laisse après lui va tuer la morale et la société.

« On s'écrie que tout est perdu, si les royalistes s'en vont. Ah ! tout est perdu, si les royalistes ne s'en vont pas ! il faut que tout soit perdu, puisqu'on l'a voulu. Il est beau de mourir à son poste, quand on meurt avec les siens; mais un royaliste n'est plus à son poste, quand il partage le siége sanglant qui peut être donné à l'assassin. »

La France déclare à l'Europe indignée qu'elle n'est pas plus coupable de l'élection d'un régicide, qu'elle

ne le fut de l'assassinat de Louis XVI. Tout le poids
de la honte et du crime ne doit-il pas retomber sur
quelques électeurs, ou plutôt sur le ministère qui a
créé la loi des élections? La tactique des ministériels
est d'accuser les royalistes, qui ont signalé l'écueil,
d'être cause du naufrage; mais pour les en croire, il
faut une dose de bêtise qui n'est pas supposable.

Si le sort, moins aveugle que les ministres, désigne
l'homme qui a coupé la tête de Louis XVI, pour aller
au devant de son malheureux frère, lui présenter l'a-
dresse d'usage, faudra-t-il que le Roi de France vienne
prendre place *au milieu de la nation*, escorté par
l'assassin de son frère, par le proscripteur des Bourbons! Et vous, Princesse, dont les infortunes ne sont
égalées que par l'amour que vous nous inspirez; vous,
dont le ciel éprouve, chaque jour, le courage et la
résignation, vous serez forcée à contempler ces traits
où vous lirez l'arrêt de mort de votre père, et l'espoir
d'une pog née de factieux adopté par le pouvoir pour
la ruine de la patrie.

Je conclus que le système ministériel tue la monarchie légitime : mais il n'appartient qu'au chef de l'Etat
d'arrêter ses ravages. Chaque jour de retard compro-
met de plus en plus le Roi, la France, les Souverains
étrangers, et l'Europe entière.

FIN.

DE L'IMPRIMERIE D'A. EGRON,
rue des Noyers, n° 37.